顾浩八韵诗评论集

王同书 徐念一 主编

凤凰出版社

图书在版编目（CIP）数据

顾浩八韵诗评论集 / 王同书，徐念一主编. -- 南京：凤凰出版社，2019.7（2024.10重印）
ISBN 978-7-5506-2972-1

Ⅰ. ①顾… Ⅱ. ①王… ②徐… Ⅲ. ①诗歌评论－中国－当代－文集 Ⅳ. ①I207.22-53

中国版本图书馆CIP数据核字(2019)第123513号

书　　名　顾浩八韵诗评论集
主　　编　王同书　徐念一
责任编辑　崔广洲
装帧设计　徐　慧
责任监制　程明娇
出版发行　凤凰出版社(原江苏古籍出版社)
　　　　　发行部电话025-83223462
出版社地址　江苏省南京市中央路165号,邮编:210009
照　　排　南京凯建文化发展有限公司
印　　刷　唐山楠萍印务有限公司
　　　　　河北省唐山市芦台经济开发区场部
开　　本　889×1194毫米　1/32
印　　张　7.75
字　　数　148千字
版　　次　2019年7月第1版
印　　次　2024年10月第2次印刷
标准书号　ISBN 978-7-5506-2972-1
定　　价　66.00元
(本书凡印装错误可向承印厂调换,电话:022-69381996)

改革創新謀發展
詩情之意為人民

方祖岐書

方祖岐：原南京军区政治委员　上将　江苏省诗词协会名誉会长

坚持诗体创新
再铸诗国辉煌

戊戌年桂月于石城 顾浩

顾浩：江苏省委原副书记　省文联原主席

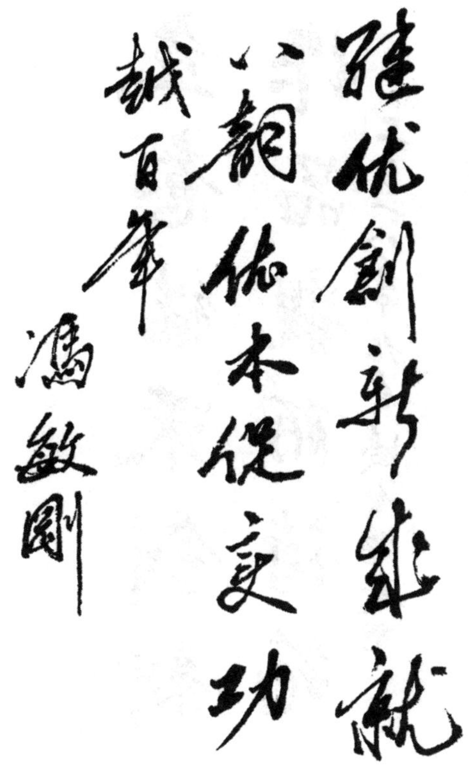

冯敏刚：江苏省委原副书记　省诗词协会名誉会长

立意继承創新
作品靚丽诗苑
二〇一八年九月凌启鸿题

凌启鸿：江苏省原副省长　省诗词协会会长
省毛泽东诗词研究会会长

顾浩八韵体新诗研讨会全景

人员（左起）：葛韶华、陈美林、冯敏刚、顾　浩、方祖岐、陈焕友、张连珍、柴宇球、凌启鸿、宋林飞、丁国成

与会人员（左起）：顾　浩、方祖岐、陈焕友

与会人员（左起）：安迪光、杨　仪、王同书
（壁挂为与会代表蒋义海、安迪光题赠诗联）

顾浩同志出版的诗集和有关评论集（部分）

金陵八韵放异彩　诗苑万顷绽新葩

——顾浩独创八韵体新诗欣赏

顾浩近照

诗集《尧天旋律》封面

从2009年起，顾浩先生用了三年时间，将他积极倡导的"创建中国特色新诗体"付诸自己的诗歌创作实践，独创八韵体诗歌。到目前为止，顾浩创作的八韵体新诗已有170余首，前100首已结集《尧天旋律》一书，由江苏教育出版社出版发行，受到广泛好评，在诗坛引起了很大的反响。这本诗集的所有诗作，既不同于旧体诗词，又不同于自由体新诗，而是充分吸收了两者的长处，又避免了两者的短处，别开生面，别具一格。

顾浩，1940年1月生，江苏南通人，大学文化程度，中国共产党党员，中国作家协会会员。顾浩自幼年起，就读诗、爱诗。1956年开始习作自由体新诗；1960年开始习作散文诗。作品多次在《新苏州报》和《新华日报》上发表。1966年初，顾浩开始尝试"新古体词"的创作，努力把中国古典诗词和自由体新诗的长处结合起来，成为一种新的诗体。但由于发生了"文革"动乱，顾浩的这一尝试戛然而止。1991年，顾浩担任江苏省委常委、南京市委书记，面对浩浩荡荡的经济建设和改革开放热潮，他又拿起了笔，以"新古体词"的形式，记下了这万千气象和他的百般感慨。其作品在《人民日报》《人民文学》和省内外众多报刊发表，引起好评如潮。有十二位戏剧表演艺术大家选了顾浩十二首词作，专门谱曲演唱，在江苏电视台播放，在社会上产生了很大的反响。十七年间，顾浩共创作"新古体词"328首，先后出版《金陵春草》《江海涛声》《盛世风情》《神州凯歌》《浩斋琴韵》《胜日乐章》等新古体词集，被著名文学评论家陈辽赞誉为"我国改革开放时期新古体词的代表诗人"。2009年开始，顾浩潜心投入创建中国特色新诗体的理论探讨和创作实践。他以江苏省中华文化促进会主席的名义，联合中国社会主义文艺学会《诗国》杂志社，共同举办了以"创建中国特色新诗体"为主题的"中国·南通诗会"，全国各省、市、区（包括港、澳、台地区）一百余位诗人、专家、学者出席大会，顾浩作主旨发言，对创建中国特色新诗体的几个基本问题，作了简洁而深刻的阐述，引起与会者的强烈共鸣。顾浩提议江苏省作家协会成立了"创建中国特色新诗体课题组"，并创办内刊《诗家》，发表大量很有分量的理论文章和大量很有质量的探路诗作。顾浩还参加了各级各类诗歌座谈会、研讨会，热情呼吁诗体创新，努力创作出具有中国特色、中国风格、中国气派，为中国老百姓喜闻乐见的新体诗歌。不仅如此，顾浩还身体力行，充分发挥古典诗词和自由体新诗的长处，独创了八韵体新诗，即每首诗押八个韵（极少数内容丰富、运用文字较多的诗篇也有每段押八个韵的情况），被诗界称为"金陵八韵"。顾浩勇于诗体创新，受到业界广泛好评和充分肯定，称赞他的八韵诗是诗坛的"一朵奇葩"、"一大收获"。

顾浩《诗心·记南通诗会》手迹

公　告

专家评论

陈辽：以创作"新古体词"闻名当代诗坛的诗人顾浩，从2009年1月起，用三年时间下决心致力于当代新格律诗的创作实践，现已结集为《尧天旋律》。读完全部诗作，我认为顾浩创作新格律诗的实践是成功的，开辟了一条当代诗歌创作的新路。顾浩这样的新世纪新格律诗，讲究韵律，诗味盎然，前所未有，是顾浩的独创。我希望，《尧天旋律》的出版，能够有助于引起诗人们和诗歌读者们的广泛关注，今后有更多的诗人为创建中国特色新诗体而奋斗。果真能如此，则中国诗歌幸甚，诗歌读者幸甚。

陈少松：诗集《尧天旋律》这百首诗作是别创一格的新体诗，是顾浩这位勇于开拓进取的诗坛作手在创建中国特色新诗体的探索过程中奉献给广大读者的又一道诗美的盛宴，是一部探索中国特色新诗体的力作，是当今中国新诗苑中的一株新葩，给广大读者带来从形式到内容别一样的诗美享受。细细品读有五美，一是参差对称的格式美。赏读"金陵八韵"诗，其特定的格式首先让我们获得视觉上的丰富美感。二是和谐婉转的韵律美。"金陵八韵"和谐的韵律让我们获得了听觉上的芬芳美感。三是诗味浓郁的意境美。"金陵八韵"让我们获得诗味浓郁的美感享受，其原因就在于诗人深谙诗美的规律，善用精美的语言，创造出一个个情景交融、能将读者引入想象空间的优美意境。四是精炼生动的语言美。顾浩作诗极其严肃认真，初稿写成后，运用多种修辞手法一个字一个字地反复推敲，直到形成精炼优美的诗的语言。我亲眼见过顾浩的诗稿，我深为顾浩炼字、炼句、炼意的功夫而惊叹。五是豪放婉丽的风格美。有无独特的创作风格，是考察诗人在艺术上成熟与否的标志。顾浩创作八韵体诗，对诗的风格有着明确的审美追求。他在诗作中有过表白："兼爱豪婉，力创雄丽，一派诗风万众前。"他的这一追求，在八韵体诗的创作实践中得到了充分地体现。

王同书：诗人顾浩，期过古稀，不负众望，又向世人奉献上新诗集《尧天旋律》。细加评味，会发现新诗集比前作在诗思诗艺和诗体上又上了一个新台阶。正是：新葩绽放，气象万千，歌改革开放，展民众情怀；新体屹立，精灵八韵，开艺苑新路，解诗界困局。一是诗本的弘扬有新建树，二是诗艺的熔铸有新发展，三是诗力的迸发有新高度。展示诗作罕见的精美和力量，是《尧天旋律》的一大亮点，创建完美可行新诗体，则是《尧天旋律》的又一大亮点。此集中100首诗作，体式全新，可喜可行，引人效法。创建新诗体是时代赋予的历史使命。当今中国，经济崛起，社会和谐，文化复兴。可是，诗境现状滑后，诗作远不能满足民众需求。因此，顾浩八韵体诗，值得我们细加品味。

赖景农：首先对顾浩的八韵体诗赞一句：神州诗苑添了新葩！这株新葩的质美在有律而无格。有律的表现在于必用韵。八韵体诗每首韵必成"八"，这就是"律"。读八韵体诗，每有文从字顺的悦耳感觉。有律的表现在于必分段。八韵体诗每首两分段，定为上、下两章，与韵是相关的，每章四韵，全首八韵。有律的表现还在于字字、行无体有定。这样，便具有了诗体形式的节奏美——诗美的基本元素。但八韵体诗不是格律诗，这就要说到八韵体诗的无格美。八韵体诗没有刻板的格式和规则。说字数每首120字左右，但不限必须120字，这就是区别于旧体诗"首有定句，句有定字，字有定声"。我初读八韵体诗的过程，便感觉这种体式，具有均衡与灵动相谐的审美价值，是新时期内到目前唯一的、合乎艺术规律的创新诗体。《尧天旋律》百首，例可任举，欲通一句，无不有相谐的美。八韵体诗有律而无格，便可以"随"、"济"、"正"，既有均衡齐的法度，又有灵动酣畅，兼具了旧有的格律诗和新生的自由诗之所长——节奏和韵与任情抒写；同时弃补了其各自之所短——限制严格与散化无定。因此，我认为八韵体诗可称为律诗，正、变相融的新体律诗。

徐宗文：著名诗人顾浩精心创作的诗集《尧天旋律》在文体上既不同于他过去创作的"新古体词"，又不同于新文化运动以来至当下仍然流行的现代诗。可以说，它是兼有两者之长而又避其短的新诗体。具体说来，具有如下特点：一是有精炼明快、雅俗共赏的语言。他既直接采用了明快的现代汉语创作，又特别重视语言的古为今用。这样，不仅有效地消解了因为现代汉语创作可能存有的浮泛之弊端，提升了诗语的质量，也使新体诗增加了文化含量。为此，诗人还特别注意炼字修辞，细检全集，几乎无一首同字相犯，同词相冲。二是有典型突出、长短不拘的句式与篇什。传统的古体诗词，在字数、句式、篇幅乃至用韵方面都有严格规定，而当下的一些现代诗则随时自由，几乎没有规律可循，没有规范可遵。而顾浩的新体诗，短小精悍，结构固定紧凑。三是有抑扬顿挫、朗朗上口的韵调。无韵不成诗，押韵是诗体的第一要义，也是诗区别于其他文体的最大不同之处。所以，押韵成为顾浩新体诗中最被重视的部分。我最感兴趣的是"金陵八韵"一说。"八韵"并非只押八韵。四是化用典故、意境迭出。顾浩的新体诗，继承了我国诗词创作的优良传统，在不影响理解与吟唱的前提下，适当地引用了一些典故，援古证今，以少总多，从而使得诗味更加浓郁，诗意更加深邃。

陈广德：顾浩精心创作的新体诗集《尧天旋律》内容丰富，立意高远。用诗的语言表达作者所见所思、所闻所解、所忆所感、所历所悟。或高歌盛世、彰扬先进，或游览观光、抚今怀古，或怀亲思友、写心抒怀，或鞭挞揭诱、扶正祛邪，无不弘扬着时代主旋律。他的诗词，让人感染，予人启迪，给人鼓舞，催人奋进。从《金陵春草》到《尧天旋律》，读者看到的是诗人坚持如一孜孜不倦的探索精神。他非常关注中国诗歌的发展，并为此作出了显著的贡献。长期以来，他积极探索创建中国特色新诗体。以极大的热情，投身到诗歌活动和诗歌创作实践中去。《尧天旋律》百首新体诗，每首都有一个正题、副题。正题是诗旨，是诗人要表达的主题思想；副题表明诗材，是内容。每首诗分上下两段。句式长短不拘，但也有基本规律可循，"四四六"或"四四七"为主式。多用对偶，这样句式整齐，既有规矩，又不复杂，更显整齐优美多姿。每首诗押八韵（极少数字数较多的诗篇，则每段押八韵），被称为"金陵八韵"。大部分押同一韵部的韵，而且严格区别平仄声，或押平声韵，或押仄声韵，有时灵活用韵。总而言之，顾浩独创的"金陵八韵"诗，既不同于"新古体词"，又不同于自由体新诗，而是吸收了两者之长。顾浩一首首弥漫诗情画意的新体诗，让人耳目一新。愿他更上层楼，继续向更高峰迈进！

组诗欣赏

共产党颂
为党的十九大而作

万象更新
欢庆改革开放四十周年

迎新春
写在辞丁酉迎戊戌之际

国之重器
贺神威太湖之光超级计算机荣获世界冠军

舜日颂
拜谒舜帝陵庙

天堂在人间
游览华西村

追梦歌
读史感赋

巡天歌
紫金山观星望记

汉字情
翻阅中华大字典感赋

千秋壮举
纪念红军长征胜利八十周年

漫游乐
游览高淳国际慢城

永世情
念友人恩情

情悠悠
和友人道通

目　录

顾浩八韵诗研讨会资料汇编

顾浩八韵诗评论选编

顾浩八韵诗研讨会资料汇编

顾浩八韵诗研讨会主持词

葛韶华

我很荣幸代表江苏省诗词协会来主持顾浩八韵诗研讨会，首先我介绍来会的领导和嘉宾。江苏省委原书记陈焕友，原南京军区政委方祖岐，南京陆军指挥学院原副院长柴宇球，全国政协科教文卫副主任、江苏省政协原主席张连珍，江苏省委原副书记顾浩，江苏省委原副书记冯敏刚，江苏省政府原副省长、江苏省诗词协会会长凌启鸿，江苏省中华文化促进会主席高以俭，江苏省社会科学院原院长宋林飞，江苏省委宣传部原副部长、《群众》杂志原主编朱同广，《诗刊》《中华诗词》原副主编丁国成，南京师范大学著名教授陈美林、陈少松，重庆《东方诗风》《渝州》主编万龙生，江苏省诗词协会副会长季世昌、秘书长陈玉金，江苏省诗词协会原副会长安迪光，南京市诗词学会副会长朱小石。还有省内的诗人诗家和诗词评论家，大家都熟悉，就不一一介绍了。

让我们向他们献上热烈的掌声，表示热烈欢迎。

大家知道，我们这次研讨会是研究八韵诗。八韵诗是我们名誉会长顾浩诗人近年来创建的诗歌新体。顾浩诗人从小热爱诗歌，长大、读书、从政，一直爱诗，热情不减，并不断创作诗歌、研究诗歌，促进诗歌的发展。他出版了八本诗集，发表了多篇理论文章，得到了中国诗坛、诗友的广泛认同与赞扬。近年来研究创建了“八韵体新诗”，这是他的新产品，是他对中国诗歌发展的贡献，值得我们弘扬与推广。江苏省诗词协会倾听许多同行呼吁，召开这次研讨会。

这次研讨会，与会同志有德高望重的老领导和在职领导，有北京诗苑重镇和诗歌天府地四川的重量级嘉宾，有我省广大的热爱诗歌、关注诗歌发展、专心从事诗歌改革并卓有成效的诗友，因此，这是一次“群贤毕至”“胜友如云”的诗歌盛会。

这次研讨会有四项议程：一是省诗词协会会长凌启鸿同志作主旨讲话，二是领导和来宾致词，三是诗友们自由发言，四是顾浩同志致答谢词。下面我们逐项进行。

顾浩八韵诗研讨会主旨讲话

凌启鸿

近年来,江苏省诗词协会在努力办好《江海诗词》,不断提高诗词创作水平的同时,着重做了三件事:一件是在全省推广“诗教”,一件是编辑《中华诗词读本》,一件是支持顾浩名誉会长倡导的诗体改革。诗教工作已在各地取得显著的效果,产生了4个中华诗词之市,43个中华诗词之乡,78个中华诗教先进单位,7名中华诗教模范人物和先进个人,得到省领导和中华诗词学会的重视和支持、认同与赞扬。我省诗教工作博得外省诗协前来参观交流,中华诗词学会召开了4次全国诗教工作经验交流会,全是在江苏召开的。《中华诗词读本》(成人版、学生版)出版以来,好评纷起,被誉为是《千家诗》《唐诗三百首》以来新的好选本,是诗歌界的好教材,大有益于诗人学者对古代经典的继承和创新,大有益于广大民众弘扬践行社会主义核心价值观。近年来,我们对以诗人顾浩同志为代表的创建“新诗体”“诗改”工作的支持也不断加强。2011年我参加"创建中国特色新诗体中国·南通诗会"以来,支持诗体的改革创新,就进入我们工作议程,《江海诗词》开辟了《诗体探索》专栏,主编、副主编撰稿,组织创作新诗体作品和理论文章充实专栏内容,宣传推进新诗体创作活动。

随着时间的推移,我们对创建中国特色新诗体倡导者顾浩诗作和理论研究不断深化和强化。我们对顾浩同志的诗作、诗改逐步加深了认知,体会到有多方面值得我们学习与弘扬的价值。

一、我感到顾浩同志的创作,是继承和体现了中华诗歌的优秀传统,处处体现出为时代歌唱,为人民歌唱,弘扬主旋律,歌颂新气象,倾心尽情践行社会主义核心价值观。顾浩同志至今已出版了《金陵春草》《江海涛声》《盛世风情》《神州凯歌》《浩斋琴韵》《顾浩词选》《胜日乐章》《尧天旋律》等八本诗集,翻看这些诗集的目录、内容,就可知道完完全全是对改革开放的歌颂,对新人新事的赞美,对祖国河山的热爱,对中华历史、文化的继承发扬,对已故的革命领袖的缅怀。这正是杜甫、白居易的为时代而歌,为民众而歌的精神和实践的继承。他的诗作让人从中感到鼓舞,增添前进的力量。而且顾浩诗作在当时同类诗作中是出类拔萃、名列前茅的。他起了创建新诗体引领者的作用。

二、顾浩同志为使诗词创作,能够顺应时代和民意的需要,适应诗词发展的需要,适应新时代新语言新名词发展的需要,领导和组织团队创建"中国特色新诗体",精心独创了八韵体新诗。对中华古诗词的句式、平仄格律等方面进行创新改革，使之能更加确切、生动、自如地表述时代精神和民众意愿。

顾浩的诗集序言和有关论文，都反映了顾浩诗人痛感当今诗坛滞后的现实。时代发生了巨大变化，民众需求新诗歌，而现实中流行阅读的一些主题陈旧的，如“与尔同销万古愁”等古诗，难以表现新时代，无法满足民众的需求，就决心试验创作一种新的诗体适应时代和民众需求。他对此作了两步试验，第一步是借古体词的词牌、体式，内容则“旧瓶装新酒”，名之曰“新古体词”，从《金陵春草》到《胜日乐章》就是这样的。第二步是独创“八韵体”新诗。一般是三个诗行构成一个诗节，四个诗节构成一个诗段，两个诗段构成一首诗，每首诗八个韵。《尧天旋律》100 首就是这一试验的成品。“八韵”新体的优势是继承了经典诗歌的优秀传统，也吸收了自由体新诗的长处，充分显示了汉字的多重美质，又避免了苛繁的格律和白话体新诗的散乱，是顾浩同志对中华诗歌的一大贡献，也是中华诗苑的一大收获，值得我们庆贺与弘扬，许多诗人诗论家对此都作了正面评议，今天会议将继续深入研究，更好开发其中的深层美质。

关于对古体诗词的改革，“五四”新文化运动以提倡白话文替代文言文的改革，大获全胜，但以白话诗替代古诗词的改革却没有获得成功。根本原因是白话诗本身缺乏语言锤炼和对仗、比兴等语言美，以及讲究韵律的音乐美，诗味不足，又没有一定的句式，不便背诵和传播。故伟人毛泽东曾说过“用白话写诗，几十年来，迄未成功”。明确指出，白话诗不能代替格律诗词。但他又说“旧体诗有许多讲究，音韵、格律很不易学，又容易束缚人们的思想，不如新诗那样‘自由’”，“另一方面，旧体诗词源远流长，不仅像我们这样的老年人喜欢，而且像你们这样的中年人也喜欢。我冒叫一声：旧体诗要发展，要改造，一万年也打不倒。因为这种东西最能反映中华民族和中国人民的特性和风尚”。顾浩同志正是沿着毛泽东诗词改革的思想，在继承传统诗词特有艺术魅力的基础上，对诗词的体式、平仄的运用进行了大胆革新，创造出了脱胎于旧体词、又显著不同于旧体诗词的新体诗——八韵诗。

三、顾浩诗歌创作与理论研究并进，诗体改革工作与推动诗歌活动并进，这是顾浩诗人的第三个贡献。顾浩创建新体诗，除以创作作实证外，还作了理论探讨，“南通诗会”上发表的《创建中国特色新诗体》，对诗体改革的几个基本问题作了论述。论文《而今迈步从头越》，是在全国文代会上的发言，对当前诗坛弊端作了系统、深刻的揭示，是诗坛的一声春雷，得到热烈的响应，这篇文章至今仍挂在“中国诗歌网”上，产生了很大的影响。

不仅如此，顾浩同志对省内外各项“诗歌研讨会”“诗行万里”等诗歌活动，非常关注和支持，每请必到，每到必讲，尽心尽力弘扬中华优秀文化，推动诗体改革，促进诗歌发展。我这里讲的三个方面，是概而言之的，只是抛砖引玉。深入细致的研讨顾浩诗作、诗论、诗歌活动的思想、艺术、精神、理念，则期望在座的各位，各举椽笔，各展宏才，各抒高见。以期达到相互交流，相互促进，推动新诗体创作繁荣发展的目标。

新诗体的创建，和唐诗、宋词、元曲的创新发展一样，都是适应时代发展对诗词艺术创新的需要。现代社会发展很快，复杂多变，自然需要创新诗体加以表现，但词兴而不废诗，曲兴而不废诗词，当然新体诗兴也不会废诗词和曲。诗体多，更便于反映丰富多彩的伟大时代，用哪一种诗体更适合，就用哪一种，全凭诗人们的爱好、擅长和功底。但新诗体创作更自由，更容易表现新时代，这是我们提倡新诗体，举办这次顾浩八韵诗研讨会的目的。正如顾浩同志提出的新诗体创新应遵循的四个基本规范中的第四项“多样的体式”那样，“八韵体”仅是新诗体创建的一种新体式，今后，顾浩同志将会创造其他多种长短不同的新体诗。同时，诗坛上已经有一些诗词名家创造了受读者们喜爱的新体诗（词），如自由曲、自度词、新声诗、新咏，等等，希望通过研讨会，能有更多的诗人词家创作出更多的新体诗（词）。

（凌启鸿，江苏省诗词协会会长，江苏省政府原副省长）

我为顾浩八韵诗叫好

陈焕友

我已退休多年，幸承各位厚爱，常邀我参加各类社会活动，让我十分感动，我借此机会，向大家致谢。近年来，我深深感到时代在进步，国家建设日新月异，人民的获得感不断提升。我们江苏是沿海地区的一方热土，沐浴着改革开放的春风雨露，在以习近平同志为核心的党中央领导下，创建着繁花似锦的家园。现在，江苏在政务、经济、科技、文化等各方面的成就都比我在职时大大进步，局面更大更新，喜报频传，让全世界刮目相看，让我们欢欣鼓舞，无比自豪。新时代、新成就也激励着我愿用我的微薄之力参与大家的工作和学习，不断加强修养，增加知识，体悟中国的强富美高，与同志、与朋友共享中国繁荣昌盛的欢乐。对我来说，更要向同志们学习不断奋进的精神。

近年来我在学习中常读到顾浩同志的诗作，也使我进一步热爱中华文化，热爱中华诗歌。中华诗歌是中华文化魅力无穷的瑰宝,是提高我们素质、净化我们灵魂、陶冶我们情操的精神食粮。顾浩的诗歌对时代,对党,对国家,对民众,对江苏,充满了热爱和激情,弘扬主旋律,歌颂新气象,倾心尽情践行社会主义核心价值观。江苏每项重大建设,多个先进人物、模范人物,都留在了他充满热情、赞美、歌颂的诗行中,这样的诗心诗情诗语,不仅让读者受到鼓舞,也对上了我的心路,我由衷地敬慕。我很乐意在这里为他的八韵诗作叫好!

顾浩同志所倡导的践行的诗体创新也是我心之所系!文学艺术是一个国家、民族文明进步的标牌,诗歌是文学艺术中最耀眼的一颗明珠。文学艺术要发展,必须要推陈出新,不断攀登文学艺术高峰。我们理应对顾浩同志的诗作和他所倡导的诗歌改革,多多理解与支持。

我年事已高,许多事心虽想做,但常力不从心,只能对美好事物衷心祝福。我在此祝福顾浩诗人的诗越写越好,祝福他的诗体创新更上一层楼,如春花烂漫,开遍中国大地!

(陈焕友,江苏省委原书记)

努力开拓创新　繁荣诗歌创作

方祖岐

诗歌发展到五四运动以后，不仅有诗词，而且产生了新诗。新诗发展，成为中国诗歌发展过程中一个很重要的品种(体式)。从而形成旧、新这两种体式长期并存，此起彼伏，营造我们中国诗词繁荣发展的局面，这个繁荣发展过程还比较长，但是对我们来说，也是很有益的。诗歌发展中向我们提出一个中国诗词向何处去这样一个课题，这个课题是在十年前吧，顾浩同志找到贺敬之老人商讨我们中国诗体改革。中国诗体改革向何处去，他们提出了"创建中国特色新诗体"这个课题。从五四以来新诗发展当中的旧体诗和新诗，在发展过程当中如何融合起来，形成一个与当今时代相适应的诗歌体。这个新任务，他们把它命题为"中国特色新诗体"。在诗歌发展过程中，各个省市、全国诗界对此作了非常有益的探索，包括中国台湾，包括东南亚，包括使用华语的有关国家和地区都在关注这个事。2011 年的南通诗会与会人员来自四面八方，顾浩同志是这次大会的发起人和组织者之一，是“创建中国特色新诗体”的创立人之一。南通诗会我参加了，差不多各个省市的诗人代表都来了，这个诗会影响很大，顾浩同志做了主旨发言，阐述了创建中国特色新诗体的必要性，并把中国特色新诗体的特征概括成四句话，明确地提到了大家面前，这是一个很重要的贡献。丁国成同志也做了很重要的表述，至今印象很深。那是一个重要的盛会。南通诗会以后，我们江苏又专门由省作家协会成立一个“创建中国特色新诗体”课题组，来交流、来引领。这些重要的标志性的动作，顾浩同志是领军者，是创始人。

顾浩同志是八韵诗体的开创者。八韵诗体我也作了研究，但不如许多人这么深刻，我感觉到八韵诗体是中国特色新体诗歌当中比较成熟的诗体。后来我看到何永康老师说叫做相当成熟的诗体。许多人对这个诗体进行了很多评论，比较成熟，或者说相当成熟，或者说很成熟，反正他还在发展，他没有停止。八韵诗体给我们的启示是什么呢，我感到一个就是，它有古体诗词和新诗的一些共性和突破之美。它不是古体诗词或者新诗，但是它又没有完全离开。妙就妙在没有离开又有所突破之中的美。这里面诗韵词韵、格律对仗这些古体诗词的优秀品质它都拥有，而新诗语言美它也有，这是一个很奇妙的诗体。它还有特定的格式和相应的变化。起头的，四个字、五个字、六个字、七个字的，中间变化多端，多数是两句对仗，两句常常是很严格的工对而不是宽对。这就形成了自己的形式，而这种体式有它特有的美。再就是八韵诗体特有的语言美。习近平主席在文艺创作的许多讲话当中，提到创新是文学的生命。中国精神、中国特色、中国风格、中国气派，在顾浩同志的诗里面都充分得到了体现。所以八韵诗体不仅仅是创建中国特色新诗体的开幕，它还没有终止，因为顾浩同志在南通诗会讲话当中就讲到四句话，最后一句，多样的体式。我们新诗体的体式现在已经是非常繁荣丰富了，我看到从重庆请来的万龙生先生的刊物上面新诗体体式也很多，发展也很快，我们从这个刊物当中看到了体式是非常丰富的，但是还没有一种体式如此地相对固定、稳定和富有规律。我觉得除了原有的体式，大家还在创作新的体式。新体的诗哪种体式是相对固定了的呢？我看目前还只有八韵诗体是相对固定的。我写三种形式，诗式、词式、散文式，但是我固定不了啊，我没有那个本事固定。我没有探索到哪一种诗体更适合我的固定体式，我还在探索。而顾浩同志，他值得我们尊敬，他这些年在八韵诗体的体式上下功夫了。他自己一直没有离开创作，一直没有离开八韵诗体。他原来是写新古体词的，突破许多没有突破的，而现在他在这个领域里一直没有离开。我不知道他将来走向何方，希望他在这方面继续探索，也希望他再探索出一个新体出来。顾浩同志还是新体诗词理论和实践的推动者。他对新体诗词理论的创新，是不遗余力的，南通诗会主旨讲话是标志性的，他也没有停顿，他有许多这方面的发展。而且，他在文化活动当中的一些讲话，实际上都是在不同范畴不同程度上实践诗词改革。他是我们许多文化团体的负责人，现在还是我们江苏诗词协会的名誉会长，江苏省中华文化促进会的名誉主席，在作家协会什么地方也少不了请他讲两句。他通过这些活动在宣传诗体改革这个问题。他主持和领导了我们几次重要的研讨会，如南通诗会，我觉得，丁国成同志贡献也是很大的。会议是社会主义文艺家学会和江苏省中华文化促进会两家共同组织的，意义重大，在新的时代开了一个好头。以后的几次会议我都参加了。南通诗会之后是江宁诗会，在我们江苏，是树立了新体诗词的体式，起了树立的作用。以后是太仓的新体诗词论坛，研究了新体诗和古体诗的关系，新体诗与古体诗如何联系结合，新体诗词向何处去，说老实话，我讲的是互相包容，互相靠拢。顾浩在会议上也做了很重要的讲话。过后是九华山诗会，推出了百篇新体诗词。推出这百篇新体诗词干什么呢？为新体诗歌的发展探路子。那么这次华江诗会，专题研究八韵诗体的创新问题，这是新的标志，为我们中国特色新体诗终于找到了一条路、一种很好的体式，并由此出发，向更加丰富多彩的体式，繁荣发展，开辟道路。谢谢顾浩同志！谢谢丁国成同志和四面八方来参加会议的同志！

（方祖岐，江苏省诗协名誉会长，原南京军区政委，上将）

顾浩八韵诗是顺应新时代的诗歌创新

冯敏刚

这次我参加顾浩同志八韵诗研讨会，感到是一次很好的学习机会。这两天诗歌活动不断，前天到南师大参加了方祖岐将军探索中国特色新诗体的新书发布会，今天又参加这个研讨会，这是可喜的文化盛事。

我是一个诗词爱好者，仅是爱好，而不是科班出身，对外行来说可以算内行，对内行来说又是外行一个。我跟顾浩同志交流不多，因为我来江苏的时候，他从省政协副主席岗位上刚退下来。我跟他接触，是从他作品开始的。因为工作上的联系，自然要翻一翻以前他阅批的文件。一看，咦！顾浩同志写的字挺有味，很有个人风格。

顾浩同志从 2000 年开始，每出一本诗集都送给我，我都认真看了，有些东西我也向他作了请教。比如说他的新古体词就很好。我在读他前几本书的时候，看到词集中有不多见的词牌，我就向他请教。他词集中有近二百个词牌。他的词被大家称作“新古体词”。后来，我收到他《尧天旋律》诗集，较前几本不同。我看了以后又向他请教，他说这就叫八韵诗。我觉得这是实实在在的创新。他在诗词改革这个方面作了许多努力，还组织出了《诗家》(已出版十辑)。这书里有顾浩同志的八韵诗，有方祖岐同志的文章，有很多同志的评论。我看了以后大有收获。

中国诗词源远流长，从《诗经》到现在的白话诗，三千多年的时间不算短，但是源在哪里？这个问题可能有不同的看法。《诗经》诗三百篇，我认为当时的诗不止这个数字。我们搞诗书画的，常讲“诗书画同源”，《诗经》源在哪里？我认为跟断代史一样，《诗经》之前肯定也有诗，只是没有文字记载。

几千年来，诗歌不断地发生变化，不断地创新，不断地发展。从格律诗也就是近体诗开始，确确实实有强大的生命力；七律、五律，七绝、五绝，这种形式流传了几千年，没有中断过，不管是宋元也好，到后来明清也好，哪一朝都有写这种诗的，一直到“文革”，在那种情况下，毛主席照样写，世界上许多华人照样写，港澳台也有很多人写，现在我们办的诗刊《中华诗词》发表了大量格律诗词，可见它生命力强大。马凯同志说“求正容变”，他这个诗词改革，我认为只是从古体诗上去考虑的。诗词改革，从白话诗开始直到现在都在做。虽然不同人对这个问题有不同的看法，但确确实实白话诗产生不少优秀的作品，值得肯定。从我们上学时到现在，回想起来，还能记得住，还感到非常的亲切。但是许多学者说了，白话诗的发展是在曲折当中前进的，到现在少有民众一致认同、喜闻乐见的东西，这也是大家的共识。

诗词改革，毛泽东同志讲过很多的观点，我记得最深的就是，他说以后很可能从民歌跟古体诗歌的结合当中创造一个新的格式出来。我从顾浩同志八韵诗看到了诗词改革的希望。我读了他的八韵诗，也看到很多同志的评价，我觉得顾浩同志八韵诗是顺应新的时代诗词改革形势的新的格式。他的诗，短句有对仗，两片八韵二十四行。可以说格式简单，容易记。顾浩同志是科班出身，他的创造和论述值得我们重视。

顾浩八韵诗，我认为是借鉴了古体词的格式。例如李清照的“一剪梅”，为七四四式：

红藕香残玉簟秋。
轻解罗裳，
独上兰舟。
云中谁寄锦书来，
雁字回时，
月满西楼。

花自飘零水自流。
一种相思，
两处闲愁。
此情无计可消除，

才下眉头，
却上心头。

再如，毛主席的“采桑子”：

人生易老天难老，
岁岁重阳。
今又重阳，
战地黄花分外香。

一年一度秋风劲，
不似春光。
胜似春光，
寥廓江天万里霜。

虽然韵脚不同，但是顾浩的八韵诗有多方面的借鉴。毛主席曾说，把古典诗词跟民歌结合，就能产生一种好的诗体来。我认为顾浩是作了深刻思考的。

我还感到顾浩的八韵诗表达的意境非常宽广，抒情也好，表意也好，写景也好，歌颂也好，悼念也好，针砭也好，叙事也好，一切的一切，都可以进入他的诗里。再一个，顾浩八韵诗的语言明白如话。白居易写诗，先给老婆婆看，她能懂了，这就行了。我认为顾浩同志的八韵诗比白居易的诗还要丰富。

顾浩八韵诗，格式固定，八韵二十四行，一百二十字左右。但是并不太长，没有白居易的《琵琶行》《长恨歌》、李白的《将进酒》、杜甫的《兵车行》诗长。他的诗不太长也不太短，适合表情达意。

一个诗体看似简单，但是创造的思考是艰难的，值得我们研究。诗词的评论、研讨是支持创作繁荣的一个重要举措。既然这个事情弄出来了，大家都认为是一个创造，都认为好，那就应该发扬推广。我感到，这当然只是一种格式，还有其他多种格式。我想应当把八韵诗扩展开来，应该向全国的一些诗词大家去做推荐，这是一个方面。另一方面，我认为顾浩同志的八韵诗是他首创的，是在诗词改革的大局下的建设。顾浩同志的八韵诗对所有的诗词爱好者、诗词界的专业人士，包括写古体诗的人士来说，都值得一看。像八韵诗这样的格式，瓶子装酒能不能装得更好一点。我觉得如果其他人也在八韵诗上写得更好，这个八韵体就进一步推广了。我自己也想在这方面试一下。另一方面，诗是与音乐结合的，能不能请音乐界的同志配合。在六合，我参加了顾浩诗词吟唱会。据说在其他地方也搞了这样的活动，效果很好。

写新诗也好，写旧体诗也好，我觉得，能保持着自己的东西，有个性，就很好。另外，在中西结合这方面，我们诗歌改革也应考虑，有些外国人搞得比我们好。我们双方不要有隔阂，要互相借鉴、互相提高。我认为，创作应该走向群众，走向学生。因为这种事情搞好了，很有它的贡献。要借鉴新诗。我们在座的大多数都是老同志，我认为要向新诗，尤其是歌曲吸取营养。我们想一想，新体诗，白话诗，是不是成功？我认为，成功的方面有两个，一个是好歌曲。你说它是歌曲吗？它就是诗，它还押韵，“我们团结一心，冒着敌人的炮火，前进！前进！前进进！”还有我们江苏人创作的《歌唱祖国》：“五星红旗迎风飘扬……”它是不是押韵的？是诗或者词，它自有强大生命力。它的内容是全国的，是有生命力的，再配上曲子。当然一首好的歌曲，《南方春晓》啦，《常回家看看》啦，台湾的校园歌曲啦，哪个不押韵？丢开曲子，就是诗词。所以要向这方面研究思考。另一方面是戏曲。我喜欢戏曲，什么戏曲都看。我感到戏曲是经过精雕细刻的，它之所以经得起时间考验，就是它的声韵，也是可以借鉴的东西。如果我们创造了一个新体，它没有终结改革的道路，而是起了一个改革的先声，为大家起了个头，开了条路，那么我们诗体改革的努力也会爆发出来。我认为诗体改革需要固定的格式，这个固定格式也是形式与内容的统一。顾浩八韵诗也是新诗改革的一种固定格式，我也希望看到更多好的诗体出来。

（冯敏刚，江苏省诗协名誉会长，江苏省委原副书记）

把握规律　合力创新

柴宇球

很荣幸受邀参加顾浩八韵体新诗研讨会。

诗词研讨评赏是高品位的精神享受，是高层次的情感交流，也是高规格的人才聚会。在这里感受到中华文化的博大精深，能领悟到人类精神境界的奇思妙想，能品尝到灵魂深处的琼浆玉液。

顾浩几十年来在领导岗位繁忙的工作中，抽出宝贵的时间和精力研究和创作诗词，取得了丰硕的成果，为世人广为传播和称道，特别是他对现代诗体的创新和引领，在中华诗坛上独树一帜。他的作品既雄宏大气、豪情万丈，又脚踏实地、联系实际；既文章飞扬、赏心悦目，又朗朗上口、妇孺皆懂。读他的诗句，会引你激情满怀，浮想联翩，入心入脑，回味无穷。他作品的感染力令人倾倒，他诗词创新理论的感召力凝聚万众，影响深远，毫不夸张地说，顾浩是蓬勃发展新诗体的开拓者和引领者。

遗憾的是，我不太懂诗词，更不会作诗，只是少年时候读点唐诗宋词，像《诗经》《离骚》，到四十多岁才读到过。虽是作诗的门外汉，但我喜欢品诗嚼诗，品诗中情，嚼诗中味。虽是外行，也颇为享受。对顾浩的诗词，只是粗读，但确实有点感受。

首先，什么叫诗词？这是个常识性问题。我用手机在百度上搜索一番，可百度的所有解释，与什么是诗词都几乎是风马牛不相及。看来历代大诗人光写诗词而不负责给诗词本身下定义，或者他们对这个定义压根就不感兴趣。但格律诗、白话诗、打油诗，乃至顾浩倡导的新诗体，它们的区别在哪里？弄清概念是找出这些区别最直接最有效的途径。古诗词和现代的白话诗、散文诗区别就在格律上，但人们都称它们为诗。我认为，无论是古诗还是白话诗，无论是中国诗还是外国诗，都有两个最基本的特点。

一是韵美。没有韵就谈不上是诗，这是所有诗的共性特征。韵美不美，是诗好不好的重要标志。古诗讲格律，白话诗、外国诗不讲格律，格律只能是古诗的基本特征。二是词精。中外古今诗词都是用词精当，语言精炼，啰啰嗦嗦就不可能是诗。诗词和一般语言、文章的最大区别就是韵美词精，也可以说，韵美词精之文就是诗词。当然，定义诗词还会有多个要素，但主要的我认为就这两点。

第二个问题是，如何振兴我们的诗词？大家都感到诗词在文化领域被边缘化了，甚至被遗忘了。为什么中华民族的国粹会有这样的境遇？是诗词不好，还是中华儿女不爱诗词？都不是！我认为这个问题有内外两大原因：西方敌对势力要分化西化我们，最主要的途径就是文化的渗透和入侵，美国政府每年要花数百亿美元用于“颜色革命”。重点就是抹黑我们中国。互联网上污蔑我们的领袖，诋毁我们的祖先，弄脏我们心目中的英雄，颠覆我们中华民族优秀的传统文化，取而代之的是西方文化。我们又疏于防范，连京剧都没人唱没人听了，人们都去唱去听卡拉 OK 去了，有谁还热心诗词的创作和吟咏?！更主要的是，我们有些人忽视了应抓的文化阵地，放弃了应有的警觉和防范，以为有了钱就有了一切。以习近平同志为核心的党中央及时为我们指明了方向。现代诗词的发展，只有紧跟以习总书记为核心的党中央的脚步，融入国家发展的大局，顺应时代的潮流，才能为国家和民族的振兴鼓与呼，才能创造出历史和人民的最强音。闭门造车，无病呻吟是出不了好作品的。你看顾浩的诗哪一首没有时代和国家的大背景！

我想讲的第三个问题是诗词创新问题。创新的前提是继承，不知道过去，就不可能知道真实全面的现在，不知道过去和现在也就不可能正确地知道未来。要创造新诗词就必须系统地学习研究古诗词，学透之后，才知道它好在哪里，哪里可以发展和改造，哪里应该大胆创新，对古诗词无知的人，连韵美词精的基本要求都不知道，连最基本的格律都不了解，去谈创新，那是荒唐的！当然，我们现在学习研究古诗词，不能套用传统的学习方法，特别是研究方法。要借助现代一切可用的科学方法，在找规律、抓特点上下功夫，就会事半功倍。掌握了基本情况，把握了特点规律，借助了现代的科学方法，特别是思维方法，再加上能融入社会实践、国家发展民族振兴的大潮，造成百家争鸣的风气，创新的机会就会随处可见，时时皆有。同时对已被认可的创新成果，要大家认可，合力推广，而不是文人相轻，漠不关心。形成创新的氛围，人人想创新，人人敢创新，自然新成果就会扑面而来。

诗词是国粹，是民魂，在国家民族振兴的征程中，具有鼓与呼的神圣职责，热切盼望各位方家不断拿出新成果，妆点我们的国家和民族，让亮丽的华夏立足于世界的舞台中心！

（柴宇球，南京陆军指挥学院原副院长，少将）

祝贺顾浩学长诗体创新取得可喜成果

范小青

顾浩同志是我们的老领导，许多年来，他担任过各级领导工作，但是，无论他的工作是否和文化、文学有关，他始终都对江苏的文学事业和作家们给予最大的最有力的支持和鼓励。我想，这不仅因为他是一位有见识有水平有情怀的领导，更因为他自己就是一个文学人、诗人。

同时，顾浩同志又是我的嫡亲学长，我们先后在江苏师范学院中文系就读，虽然前后大约相差有二十年，但是每每提到学长，总是倍感亲切，倍受鼓舞。冰心曾经说："缘"字意义精微，有天意有人情，令人向往。

所以，在撰写这篇文章的时候，我思忖再三，就用"学长"来称呼顾浩同志，我想，学长应该会高兴的。

总之，我和顾浩学长是有着缘分的，是读书的缘分，是文学的缘分。我们都是中国作家协会会员，一同出席中国文联、作协大会，一同在大会上发言，他始终是我的学长。说他是学长，还由于他多年来的创作和倡导诗体改革的实践和影响，都堪为我的学长。

他担任省委副书记时，主管文化宣传，为我省文化事业付出大量心血，作了许多贡献，如筹划作协科学管理，协助作家制订创作规划，创建作家体验生活基地，奔走创办《扬子江诗刊》，创建中国特色新诗体课题组等，为江苏成为文化强省打下了深厚的基础，加快了前进的步伐。退休以后，致力于诗歌创作和推动诗体创新，为促进中国诗歌的发展作出自己的努力。

顾浩学长创作成果丰硕，1996 年开始，到 2017 年，他已出版《金陵春草》《江海涛声》《盛世风情》《神州凯歌》《浩斋琴韵》《胜日乐章》《尧天旋律》等诗集，这些诗集不仅思想内容是弘扬主旋律的强音，歌唱党和国家、人民的交响曲，而且艺术上体式上作了创造性的实践，树立了范例。

顾浩学长在诗学理论上也多有建树，如《创建中国特色新诗体——中国·南通诗会主旨发言》《肩负起铸造中国诗歌新辉煌的历史使命——在太仓新诗百年·江苏新诗发展研讨会上的发言》《念载耕耘　几点体会》《而今迈步从头越——写在中国新诗诞生一百周年之际》《关于当前诗体创新的若干断想》等等，无不体现了对创建中国特色新诗体的努力，并提出新诗体的基本要求，为新诗体作了科学的可行的探索。在全国作代会期间，发表《而今迈步从头越》，对当前诗歌创作和发展,提出深刻、尖锐的意见,反响强烈。中国诗歌网贴挂至今,影响深远。这些理论文章,已成为"创建中国特色新诗体"的经典理论。

我的专业主要是写小说,对顾浩学长的诗歌创作和诗改理论了解不够,理解不深。后来,多次参加有关诗改会议,收阅《诗家》《让新诗体飞》《"中国特色新诗体"刍论》等有关诗改的刊物、专著和顾浩学长的作品及专家的评论,让我逐步加深对他的成果和事业的了解。2018 年 11 月,省诗词协会主办的在华江饭店召开的"顾浩八韵体新诗研讨会",我因为特殊情况,未能到会,好在会后读到各位领导、专家、诗友的评价和会上发的《使命与辉煌》《顾浩诗的多彩世界》等资料,给我补上了一堂丰富多彩的诗学课。

这次华江诗会是专题研讨顾浩诗人创建的"八韵体"诗作,对"八韵体"的主要内容、结构方式、诗语修炼等内容,由诗人本人发言讲得很细致深刻,诸位领导、专家、诗友的发言也讲得很细,已汇编在会议论文集中,我就不重复了。我这里只略述一下我体悟到的顾浩"八韵体"新诗的意义和作用。

一、诗体改革是时代的产物。顾浩学长用创建的"八韵体"作了出色的实践,《尧天旋律》以一百首诗作靓丽亮相,亦可证明"八韵体"既是诗歌体式创新的一种成熟成功的新体式,切实简便,便于操作,同时还兼有格律诗和自由诗之长而无其短的新范式。是诗人对诗歌发展的努力创新的实践。

二、"八韵体"的实践是"创建中国特色新诗体"的一大重要收获，顺应时代和民众的需求。“八韵体”的实践，亦是诗歌未来发展的一大参考体系，是诗歌发展史上浓重的一笔，是习总书记弘扬社会主义核心价值观的诗意表述。

顾浩学长主持的这项“创建中国特色新诗体”历史性的工程，江苏省作协一直是支持的，只是以往多是出于对诗人品艺敬佩的感情，现在通过这些年的学习和比照，时间检验，已从感性上升到理性，认识到“创建中国特色新诗体”是中国诗歌发展的创新之路，顾浩学长和他的诗人诗学家团队幸运地承担了这一使命，艰苦奋斗，不辱使命，取得成果。新诗体研究的逐渐成熟，既是诗人、研究者个人的收获，也是诗歌界的收获，是江苏文学界的收获。在此，要特别表示热烈的祝贺。并期待“诗改”成果出现更多的精品力作，像长江上的大桥一样，一座又一座，似跨江彩虹，让中国诗歌通向更加辉煌灿烂的彼岸！

（范小青，江苏省作家协会主席）

顾浩八韵诗的继承与创新

宋林飞

顾浩同志以在改革开放40年中的亲身经历与感受为素材，先后出版了《金陵春草》《江海涛声》《盛世风情》《神州凯歌》《浩斋琴韵》《胜日乐章》等新古体词集，作者所见、所闻、所喜、所乐、所忧皆耀然其中，丰富多彩，气象万千，具有强烈的时代感与高尚秀逸的审美情趣。

这些词集出版以后，我都看了。这既是对作者的尊重，又和本人的业余爱好有关。我是一个理论工作者，长年累月在逻辑思维之中，有点业余时间就填一些古体词，从人们称之为“新古体词”的样式中走进文学园地，表达一些对国家社会发展状况的观感。在我还停留在“新古体词”探索的阶段，顾浩同志已经进入新的境界。我用古人留下的词牌，写现在的内容，叫“旧瓶装新酒”，就是填词。顾浩却自创了一种新诗体，是“新瓶装新酒”，是创新的诗体。

这种“新瓶”，就是“八韵体”。《尧天旋律》展示了顾浩同志创造的“八韵体”诗 100 首。其中创新与继承的亮点主要在以下四个方面：

一、格式创新：八节三句

“八韵体”，首先是指一首词都有八个诗节，每个诗节由三个长短句组成。包括三三八、四四六、四四七、五四七、六四七、七六六、七七十、八五四等格式。对于如此多的格式，怎么把握？第一种理解是，这种诗体自由度比较大，可以自由选择与发挥。

第二种理解是，确定正体，其他为变体。《尧天旋律》中大体可以划入“四四七”格式的 64 首，可以划入“四四六”格式的 28 首。“四四七”格式包含三、四长短句，比较常用，为此“四四七”格式似应为“八韵体”诗正体。例如《桃李芬芳·祝贺母校——苏州大学建校一百一十周年》：“子实殿高，维格堂深，仰观俯思百般情。经多少春秋，数番风雨，而今展翅五湖惊。有名师迭起，俊杰辈出，遥看长空万点星。育人圣地，为了神州得康宁！锦园八顾，秀木环合，漫天纷飞桃李英。念运河源远，钟楼根固，回首征途意难平。知盛世任重，大众望厚，举旗挥汗更前行。再搏四秩，满校霞照千里明！”其他，三三八、四四六、五四七、六四七、七六六、七七十、八五四等格式为变体。

二、韵律创新:八韵

“八韵体”诗,有24行、22行等。24行诗为正体,22行诗等为变体。全篇24行诗包括上、下片各12行;每三句组成一个诗节,节末押脚韵。上、下片各有四个诗节,押四个脚韵,全篇押八个脚韵。例如《万古福地·钱桥巡礼》:“群山南列,洋溪横贯,一方万古福地。四野稻香,百川鱼肥,钱桥名扬千里。绿荫普照,玉宇遍布,天堂未必可比!文昌人杰,物阜民丰,世代魂牵梦系!高楼抚今,赤墩追昔,五内风云骤起。器具还在,祖先远去,无限幽情难已。岁月奔逝,家园腾飞,赢得皆大欢喜。傲立桑梓,怕辱使命,满怀中华正气!”

全诗押八韵,上片第3、6、9、12行,下片第15、18、21、24句末押脚韵。为此,人称之为“金陵八韵”诗。也有变体,例如《悲剧伟人·读刘少奇传》,分上、中、下三片,增加了一片,多押了四韵,全诗押十二韵。也有八韵之外加四韵即每片八韵的诗。

三、韵律继承:对仗与叠音

诗词中要求严格的对偶,称为对仗。顾浩“八韵体”诗有一个突出的特点,就是使用对偶句比较多。例如《母校颂·江苏省南通中学建校一百年》:“圣水北回,宝塔西耸”。《寒窗吟·书斋灯火》:“千灯皆灭,一火独明”。《独领风骚·参观福建土楼》:“走弯弯路,翻重重山”。《东国胜境·游西溪湿地公园》:“西溪湿地,东国胜境”,“万木摇绿,百草飘红”,“踏下码头,跃上兰舟”等。

使用叠音词是顾浩“八韵体”诗的特色。最精彩的是《漫游乐·游览高淳国际慢城》一诗,其中叠音词之多令人感叹:“漫游慢城不见城,弯弯曲曲,高高低低。一登青山满目山,重重叠叠,即即离离。缓步西坡又东坡,花花绿绿,依依呢呢。喜立峰头望村头,星星户户,塘塘溪溪。欢别噪声听鸟声,群群阵阵,唱唱啼啼。悠然眼宽心更宽,清清新新,了了叽叽。屡入诗境进仙境,逛逛停停,句句题题。最爱合家聚农家,杯杯盘盘,笑笑嘻嘻。”全诗活泼、清新,节奏明快、形象,景、声、情交融,好一幅美丽乡村景象。

四、词风继承:豪放

古体词的风格有豪放、婉约之差别。顾浩“八韵体”诗风豪放,气势万千。他说“兼爱豪婉,力创雄丽”。这是明确的自我要求,也是恰当的自我评价。他在创作中表现出了鲜明的创作个性和艺术特色。例如《胜境·游览海南亚龙湾》:“画入双目,诗袭五内,天上人间亚龙湾。碧空如洗,艳阳若镀,南国不识风霜寒。银浪远来,金滩近去,激发异趣累三番。椰叶滴翠,奇花竞丽,一步几景都成欢! 青峦起伏,红树参差,纵赋千韵尽意难。举手深吸，落臂缓呼，气和血畅解百烦。傲立胜境，雄视浩瀚，今古烟波胸中翻。海阔有边，心宽无际，四万日出带笑看!”可见，这首诗用“雄丽”来诠释，并不是掠美之词。

五、读顾浩八韵诗的感想

顾浩的多本新古体词集我都读过了，受到了诗词美的文学享受。同时，感动的是，他从领导岗位退休以后，对于中国诗的继承与创新做出了如此多年不懈的努力，体物、抒情、言志，孜孜以求，热情乐观；积累了如此多的优秀成果，启示同行，示范来者。在这里，我对顾浩诗歌成就表示最真诚的祝贺！并以词记之。

永遇乐·顾浩新古体词

江海涛声，拍岸浪卷，雄奇婉丽。盛世风情，兴废时序，形神皆美。金陵春草，经天纬地，岁月如初青翠。三十载、弦歌新潮，词华书香千里。

浩斋琴韵，通古论今，惊艳独树一帜。神州凯歌，黄钟大吕，报国心未已。尧天旋律，胜日乐章，激浊扬清言志。更凝远、穿云越霭，读峰悟水。

（宋林飞，江苏省社会科学院原院长、江苏省参事室原主任）

继承创新 彰显人文

高以俭

非常荣幸出席“顾浩八韵体新诗研讨会”，顾书记关照我要在会上说一说，我诚惶诚恐。我喜欢诗歌，但不是很懂，我是来学习的，只想抛砖引玉。说什么呢？我想说的是：

第一，顾书记是中国特色新诗体探求者、先行者。用方祖岐将军2009年10月29日在“江风海韵顾浩词作研讨会”上的讲话来概括：顾书记走在诗词界前列，是继承和创新的一个典范，探索出一条新古体词之路，成为引领词界继承与创新的一个领头人。2011年6月12日南通诗会，由中国社会主义文艺学会诗国社和江苏省中华文化促进会主办，百位著名诗人和诗评家出席。可以说是盛世、盛会、盛况、盛情。这也是江苏省中华文化促进会刚刚成立做的第一件大事。别的不说，花的经费96万元，是顾书记亲自做工作，省文促会副主席昝圣达支出的。这次盛会了不起，贺敬之老人提出的中国特色新诗体成为全国诗词界的共识，顾书记功不可没。

第二,顾书记是中国特色新诗体创作的示范者。顾书记从历史的角度、美学的高度、哲学的深度,在南通诗会上提出了对中国特色新诗体的几点猜想:精炼的语言,和谐的韵律,简短的篇幅,多样的体式。顾书记的创作实践也是按照这样的猜想做的。决定一位艺术家在艺坛上和艺术史上地位最关键的是取决于他在艺术上的独创性。顾书记的"八韵体新诗"凸显了可贵的独创性。丁芒先生的"自由曲"、方祖岐将军的"自度词"等等,也都是在继承基础上的创新。这在全国诗词界意义重大。

第三,顾书记的"八韵体新诗"是中国特色新诗体灵魂的引领者。新诗体的灵魂是什么?我觉得两个字:人文。人文是人类区别宇宙其他万物的唯一标识,人文穿越时空,人文是以人为本的核心体现,人文是现代文明之必需。易经云:观乎人文,以化成天下。邓小平同志在全国第六次人代会上讲话指出:今后不要再提文艺为政治服务了。人文是古今中外艺术的灵魂,吴为山、聂危谷和我都主张为人文而艺术!人文包括崇高的人文理想,高尚的人文精神,博大的人文情怀。孔子提出大同世界,孙中山提出天下为公,毛泽东提出环球同此凉热,习近平主席提出中国梦和人类命运共同体,都闪烁着崇高的人文理想光辉。顾书记的新体诗词凸显了人文灵魂。

唐代诗人白居易说:"感人心者,莫先于情。"诗人王昌龄说:"以心击物而得审美境界。"顾书记在《红日颂·纪念中国共产党成立九十周年》里寄托着对党的深情:"看红日高照,中华屹立，龙腾霞飞尧天明。”“盖世功勋反是罪，然山河呼冤，泉台上，千魂相慰！”（《悲剧伟人·读刘少奇传》）表达着对刘少奇主席缅怀的崇敬之情；“欢乐齐享，患难同当，中华儿女共凶吉。”（《中华儿女情》）交织着浩然的中华儿女情；“我举桂花酒，傲立紫峰巅，看严冬过后，又是春天。”（《严冬过后是春天》）喷发出气贯长虹的豪情；“旧友入梦珠泪淋，遥念衣胞地，高楼上对天长吟。”（《布谷声里》）糅合着深切的怀乡情；“一腔幽情，两行热泪，怎吐尽，别绪千缕！”渗透着深邃的同事友情；“不用椽笔，写下惊人新诗！万众放歌，赞美城市美容师！”（《城市美容师·清洁工人颂》）交融着浓郁的对普通清洁工人的赞美之情；“岂怕路岖，何惧日久，千秋意气付金琶。十载开花，百年结果，让四海万代竞夸！”（《诗心·记南通诗会》）揉进了创建中国特色新诗体的激情。总之，顾书记的八韵体新诗值得我们认真拜读，仔细思考，启发借鉴，大力推广。

（高以俭，江苏省文联党组原副书记、江苏省中华文化促进会主席）

顾浩对诗国的突出贡献

丁国成

中国号称诗国,的确名副其实。顾浩同志对诗国的贡献,非止一端,而且异常突出。诗国中人,不该忘记。

顾浩同志在职的时候,为江苏文化大省建设全力以赴,多有建树,其中就格外关注诗坛,热情关心诗人。江苏诗人亲身经历,或耳闻目睹,比我清楚。就我接触而言,便有数事令人感动。

1997 年 8 月,我在广东《华夏诗报》(109 期)上读到老红军作家陈靖同志文章《我所认识的丁芒》,文中说到丁芒同志住房狭小,生活待遇不公,便将该文冒昧地转给时任江苏省委副书记、分管文教的顾浩同志,同时附信建议:“在可能的条件下,请您予以关照。”真没想到,顾浩同志非常认真,竟然不顾繁忙,不辞辛苦,亲自登门,前去看望,并且最后促使丁芒的住房问题得以解决。不止丁芒一人,对于江苏省其他老诗人、老作家,例如吴奔星(已故)等人,顾浩也同样给予关怀,多次登门看望,帮助解决问题。这对于调动文学队伍的创作积极性,发挥诗人词家的创造性，起了巨大的促进作用。《华夏诗报》发文做了报道，予以高度赞扬。

1998 年前后，作为省委副书记，顾浩同志亲自倡议，大力支持江苏省作家协会创办《扬子江诗刊》。由于全国报刊过多，当时新闻出版署严格控制刊号，一般不予批准。顾浩同志出面，不仅转发申办报告给新闻出版署，而且多方联络疏通，得到了《诗刊》和中国作家协会领导的具体帮助，最终获得批准。于 1999 年 7 月，《扬子江诗刊》正式创刊。顾浩同志任顾问，又给刊物以很多指导和有力襄助。《扬子江诗刊》至今已办 20 年，实践证明，它对发展、繁荣江苏省乃至我国诗歌事业起到了积极作用，堪称“利在当代，功在千秋”！显然，没有顾浩同志的大力支持，这些全都无从谈起！

顾浩同志从省委领导岗位上退下来后，更是全力以赴，热心诗歌文化事业，如他自谦所说，要“为江苏文化大省建设作出一点微薄的贡献”(《顾浩词选·前言》)。其中，影响至巨的是，倡议“创建中国特色新诗体”。2011 年 6 月，顾浩同志与“诗坛泰斗”贺老敬之商定，一起支持《诗国》同江苏省中华文化促进会主办、江苏综艺集团和南通市文联承办的“中国·南通诗会”，计有全国新旧两个诗坛大家和诗论权威百人到会，开创了我国诗界的“四个先例”，即诗会规格空前、研究议题空前、“两个诗坛”聚会空前、诗歌学术水平空前。为开此会，顾浩同志真是沥尽了心血、费尽了精力。举办这样一个名副其实的高规格的全国性的诗会——仅次于中国作协召开的“张家港诗会”，难度可想而知。首先需要大笔经费，约100万元，没有国家拨款，全由顾浩筹集；其次需要组织策划，缺少办事人员，均要顾浩落实。他亲任“南通诗会”筹备组组长，奔波于北京—南京—南通三地之间，联系会议主办和承办单位。光是筹备会就开了三次，电话、书信（那时尚无手机）联络不计其数。在众多诗界名家、高级领导和承办单位的鼎力支持下，“南通诗会”开得圆满成功，取得丰硕成果。顾浩同志做了重要的“主旨发言”，还参与主编、出版了《创建中国特色新诗体·南通诗会诗文集》，产生了广泛影响。此后，一些报刊，如《诗国》《华夏诗报》《中华诗词》《贵州诗联》《东方诗风》以及江苏的《扬子江诗刊》《江海诗词》《南京诗词》《南京师范大学学报》等，先后就此话题展开讨论，或辟专栏，刊发新诗体的实验性作品，尤其引人注目的是2012年12月21日《人民日报》发表桑士达同志文章《呼唤创建中国特色新诗体》。文章开宗明义：“面对中国日趋衰落的新诗创作状况，著名诗人贺敬之不久前率先提出创建有中国特色新诗体的重要命题（按：实为顾浩倡议，得到贺老支持）。这一命题事关中国诗坛的走向。”显然，这是延续“南通诗会”的议题而来，因为这个议题，此前并无他人提起。文章期望“将这项工作列为国家重大文化建设研究项目……进行研究攻关”。2012年底，在顾浩同志倡议和主持下，江苏省作家协会批准同意成立了“创建中国特色新诗体”课题组。2013年1月1日，顾浩同志亲自给省政府领导写信，请求支持，很快得到批示。从2013年5月起，课题组开始正式投入新诗体的创研活动之中，同时创办课题成果汇编《诗家》

内刊，至2018年8月已出10辑，除刊登新诗体作品外，已发新诗体研究颇有分量的学术论文七八十篇。此外，还编辑出版研究专著，如王同书所著《中国特色新诗体刍论》《诗体英华》《让新体诗歌飞》，颜景农著《新时期的成功新诗体》，王同书、陈广德主编《顾浩词评论集》和《顾浩诗评论集》等若干部，从探索新体到理论研究，都取得了可喜成果。这充分证明“创建中国特色新诗体”这一“时代使命”(《尧天旋律》前言)，既是我国诗歌发展之所需，又有创建特色新体之可能。而创建新体是诗歌发展的重要一环。

最为可贵的是，顾浩同志不仅组织、从事新诗体的理论研究，撰写一批富有创见的理论文章，如《创建中国特色新诗体——“南通诗会”主旨发言》《肩负起铸造中国诗歌新辉煌的历史使命——在太仓新诗百年·江苏新诗发展研讨会上的发言》《而今迈步从头越——写在中国新诗诞生一百周年之际》《关于当前诗体创新的若干断想》等文章，而且身体力行，率先进行新诗体的创作探索。既是创新，难免冒险，必会有人说三道四。顾浩同志不计得失，勇于探索。这种创新精神，就值得赞扬。更何况他多年探索，成就卓著，硕果累累，令人钦佩！他从1991年开始尝试新诗体创作，至今已有27年之久。他是先搞新诗体创作实践，而后思考新诗体理论。他的创新实践，大体可分为两个阶段：即从1991年至2008年为第一阶段，主要创作“新古体词”，出版了《金陵春草》《江海涛声》《盛世风情》《顾浩词选》《神州凯歌》《浩斋琴韵》《胜日乐章》等七个集子；从2009年至今为第二个阶段，主要创作八韵诗，亦即论者所称“金陵八韵,”出版了《尧天旋律》诗集。如果说,顾浩同志的“新古体词”,“虽然在若干方面有所突破,但是总体上还是保持了旧体词的大体框架”,那么,他的“八韵诗”,则“没有任何一首、按任何一个词牌的要求进行创作的”(《尧天旋律》前言),足称“创建中国特色新诗体”的崭新成果和重大收获,业已引起诗坛的密切关注。著名研究员、诗论家王同书同志致力于新体,尤其是“金陵八韵”的研究,颇多心得,著述甚丰。如今又出版专著《顾浩诗的多彩世界》,全面、细致、深刻、精到地论述顾浩新体诗的思想艺术特色。还有诗论家陈少松、颜景农、陈广德、徐宗文、何嘉鹏同志认为:“八韵体既有古诗词的韵律——八韵,又有新诗词的灵动——句数与字数的变化;既有一定的模式可循,又不完全拘于既有模式,是一种很好的诗体改革尝试。”(《诗体创新的新时代探索——读顾浩八韵诗感怀》)总之,大家认为顾浩同志的新诗体探索成效显著,广受读者欢迎,应予以充分肯定。

以上所说,仅是个人的一知半解,远非顾浩同志对诗国的全部贡献。即此数端,也足以见出他的贡献非同寻常,确实突出,令人肃然起敬,应当向他学习！正如顾浩同志所说:“创建中国特色新诗体,这是时代的要求,是一项重大的历史使命。”“我们每个人都要出以公心,为中国诗歌兴旺发达献计出力!”(《关于当前诗体创新的若干断想》)

(丁国成,《诗刊》《中华诗词》原副主编)

顾浩“八韵”，国之大情，人之友情

丁 薇

作为晚生后学,我很荣幸受邀参加顾浩先生的“八韵新诗”研讨会。这次会议意义重大,不仅是对顾浩先生八韵新体诗的一次总结,更是文学界对顾浩先生文学生涯的一次回顾与肯定,但因我个人原因不能到场,甚为遗憾。

我谨在此向大会请假,并致违约之歉。

还记得2010年10月,我受报社委托,编辑顾浩先生新古体词专题版面,当时顾浩先生赠我的诗集和手记珍藏至今。彼时,顾浩先生的创作在继承传统的基础上注重与现实社会的结合,抒今人之情、时代之情、人民之情,呈现出一种大气磅礴的艺术境界。最是记得顾浩先生对后学的鼓励,他说我版面未错一字,实为难得,为此多次表扬于我,这让我感恩至今。

八年之后,我再次受托编辑顾浩先生的八韵诗,惊讶之余更多的是钦佩,顾浩先生如此高龄仍然笔耕不辍,在新古体诗歌之上又有探索,成就八韵新体诗,并完成了大量的诗歌创作，足有170余首，令人称赞，令人惊叹。顾浩先生从170余首诗作中遴选100首结集出版的《尧天旋律》一书广泛好评，在诗坛引起了很大的反响。这本诗集的所有诗作，既不同于旧体诗词，又不同于自由体新诗，而是充分吸收了两者的长处，又避免了两者的短处，别开生面，别具一格。诗词内容不仅有国之大情——热情歌颂中华盛世，还有人之友情——抒发对情对景的感怀，彰显诗人浪漫情怀。顾浩先生对诗中字句斟酌，尤其注意炼字修辞，运用典故得益，也给人启迪，发人深省。

我想这既是我学习的机遇、工作的职责，又是我与顾浩先生的缘分，也是顾浩先生与报社的缘分。

再次祝贺顾浩先生"八韵新体诗"研讨会圆满成功。

（丁薇，《中国艺术报》编辑）

附录：

金陵八韵放异彩　诗苑万顷绽新葩

——顾浩独创八韵体新诗欣赏

从2009年起，顾浩先生用了三年时间，将他积极倡导的"创建中国特色新诗体"付诸自己的诗歌创作实践，独创八韵体诗歌。到目前为止，顾浩创作的八韵体新诗已有170余首，前 100 首已结集《尧天旋律》一书，由江苏教育出版社出版发行，受到广泛好评，在诗坛引起了很大的反响。这本诗集的所有诗作，既不同于旧体诗词，又不同于自由体新诗，而是充分吸收了两者的长处，又避免了两者的短处，别开生面，别具一格。

顾浩，1940 年 1 月生，江苏南通人，大学文化程度，中国共产党党员，中国作家协会会员。顾浩自幼年起，就读诗、爱诗。1956 年开始习作自由体新诗；1960 年开始习作散文诗，作品多次在《新苏州报》和《新华日报》上发表。1966 年初，顾浩开始尝试“新古体词”的创作，努力把中国古典诗词和自由体新诗的长处结合起来，成为一种新的诗体。但由于发生了“文革”动乱，顾浩的这一尝试骤然而止。1991 年，顾浩担任江苏省委常委、南京市委书记，面对浩浩荡荡的经济建设和改革开放热潮，他又拿起了笔，以“新古体词”的形式，记下了这万千气象和他的百般感慨。其作品在《人民日报》《人民文学》和省内外众多报刊发表，引起好评如潮。有十二位戏剧表演艺术大家选了顾浩十二首词作，专门谱曲演唱，在江苏电视台播放，在社会上产生了很大的反响。十七年间，顾浩共创作“新古体词”328 首，先后出版《金陵春草》《江海涛声》《盛世风情》《神州凯歌》《浩斋琴韵》《胜日乐章》等新古体词集，被著名文学评论家陈辽赞誉为“我国改革开放时期新古体词的代表诗人”。2009 年开始，顾浩潜心投入创建中国特色新诗体的理论探讨和创作实践。他以江苏省中华文化促进会主席的名义，联合中国社会主义文艺学会《诗国》杂志社，共同举办了以“创建中国特色新诗体”为主题的“中国·南通诗会”，全国各省、市、区(包括港、澳、台地区)一百余位诗人、专家、学者出席大会，顾浩作主旨发言，对创建中国特色新诗体的几个基本问题，作了简洁而深刻的阐述，引起与会者的强烈共鸣。顾浩提议江苏省作家协会成立了“创建中国特色新诗体课题组”，并创办内刊《诗家》，发表大量很有分量的理论文章和大量很有质量的探路诗作。顾浩还参加了各级各类诗歌座谈会、研讨会，热情呼吁诗体创新，努力创作出具有中国特色、中国风格、中国气派，为中国老百姓喜闻乐见的新体诗歌。不仅如此，顾浩还身体力行，充分发挥古典诗词和自由体新诗的长处，独创了八韵体新诗，即每首诗押八个韵(极少数内容丰富、运用文字较多的诗篇也有每段押八个韵的情况)，被诗界称为“金陵八韵”。顾浩勇于诗体创新，受到业界广泛好评和充分肯定，称赞他的八韵诗是诗坛的“一朵奇葩”“一大收获”。

【专家评论】

陈辽：以创作“新古体词”闻名当代诗坛的诗人顾浩，从2009年1月起，用三年时间下决心致力于当代新格律诗的创作实践，现已结集为《尧天旋律》。读完全部诗作，我认为顾浩创作新格律诗的实践是成功的，开辟了一条当代诗歌创作的新路。顾浩这样的新世纪新格律诗，讲究韵律，诗味盎然，前所未有，是顾浩的独创。我希望，《尧天旋律》的出版，能够有助于引起诗人们和诗歌读者们的广泛关注，今后有更多的诗人为创建中国特色新诗体而奋斗。果真能如此，则中国诗歌幸甚，诗歌读者幸甚。

陈少松：诗集《尧天旋律》这百首诗作是别创一格的新体诗，是顾浩这位勇于开拓进取的诗坛作手在创建中国特色新诗体的探索过程中奉献给广大读者的又一道诗美的飨宴，是一部探索中国特色新诗体的力作，是当今中国新诗苑中的一株新葩，给广大读者带来从形式到内容别一样的诗美享受。细细品读有五美，一是参差对称的格式美。赏读“金陵八韵”诗，其特定的格式首先让我们获得视觉上的丰富美感。二是和谐铿锵的韵律美。“金陵八韵”和谐的韵律让我们获得了听觉上的芬芳美感。三是诗味浓郁的意境美。“金陵八韵”让我们获得诗味浓郁的美感享受，其原因就在于诗人深谙诗美的规律，擅用精美的语言，创造出一个个情景交融、能将读者引入想象空间的优美意境。四是精炼生动的语言美。顾浩作诗极其严肃认真，初稿写成后，运用多种修辞手法一个字一个字地反复推敲，直到形成精炼优美的诗的语言。我亲眼见过顾浩的诗稿，我深为顾浩炼字、炼句、炼意的功夫而惊叹。五是雄放瑰丽的风格美。有无独特的创作风格，是考察诗人在艺术上成熟与否的标志。顾浩创作八韵体诗，对诗的风格有着明确的审美追求。他在诗作中有过表白：“兼爱豪婉，力创雄丽，一派诗风万众前。”他的这一追求，在八韵体诗的创作实践中得到了充分地体现。

王同书：诗人顾浩，刚过古稀，不负众望，又向世人奉献上新诗集《尧天旋律》。细加寻味，会发现新诗集比前作在诗思诗艺和诗体上又上了一个新台阶。正是：新葩绽放，气象万千，歌改革开放，展民众情怀；新体屹立，精灵八韵，开艺苑新路，解诗界困局。一是诗本的弘扬有新建树，二是诗艺的熔铸有新发展，三是诗力的迸发有新高度。展示诗作罕见的精美和力量，是《尧天旋律》的一大亮点，创建完美可行新诗体，则是《尧天旋律》的又一大亮点。此集中100首诗作，体式全新，可喜可行，引人效法。创建新诗体是时代赋予的历史使命。当今中国，经济崛起，社会和谐，文化复兴。可是，诗境现状滞后，诗作远不能满足民众需求。因此，顾浩八韵体诗，值得我们细加品味。

颜景农：首先对顾浩的八韵体诗赞一句：神州诗苑添了新葩！这株新葩的质美在有律而无格。有律的表现在于必用韵。八韵体诗每首韵必成“八”，这就是“律”。读八韵体诗，每有文从字顺的悦耳感觉。有律的表现在于必分章。八韵体诗首首分章，定为上、下两章，与韵是相关的，每章四韵，全首八韵。有律的表现还在于字、行大体有定。这样，便具有了诗体形式的节奏美——律美的基本元素。但八韵体诗不是格律诗。这就要说到八韵体诗的无格美。八韵体诗没有刻板的格式和规则。说字数每首120字左右,但不限必须120字,这就是区别于旧体诗"首有定句,句有定字,字有定声"。我初咏八韵体诗的过程,便感觉这种体式,具有均衡与灵动相谐的审美价值,是新时期内到目前唯一的、合乎艺术规律的创新诗体。《尧天旋律》百首,例可任举,敢道一句,无不有相谐的美。八韵体诗有律而无格,便可以"葩"济"正",既有均衡法度,又有灵动葩华,兼具了旧有的格律诗和新生的自由诗之所长——节奏和谐与任情抒写;同时弥补了其各自之所短——限制严格与散化无定。因此,我认为八韵体诗可称为律诗,正、变相融的新体律诗。

徐宗文:著名诗人顾浩精心创作的诗集《尧天旋律》在文体上既不同于他过去创作的"新古体词",又不同于新文化运动以来至当下仍然流行的现代诗。可以说,它是兼有两者之长而又避其短的新体诗。具体说来,具有如下特点:一是有精炼明快、雅俗共赏的语言。他既直接采用了明快的现代汉语创作,又特别重视语言的古为今用。这样,不仅有效地消释了因为现代汉语创作可能存有的浮泛之弊端,提升了诗语的质量,也使新体诗增加了文化含量。为此,诗人还特别注意炼字修辞。细检全集,几乎无一首同字相犯、同词相冲。二是有典型突出、长短不拘的句式与篇什。传统的古体诗词,在字数、句式、篇幅乃至用韵方面都有严格限定,而当下的一些现代诗则绝对自由，几乎没有规律可循，没有规范可遵。而顾浩的新体诗，短小精悍，结构固定紧凑。三是有抑扬顿挫、朗朗上口的韵调。无韵不成诗。押韵是诗体的第一要义，也是诗区别于其他文体的最大不同之处。所以，押韵成为顾浩新体诗中最被重视的部分。我最感兴趣的是“金陵八韵”一说。“八韵”并非无目的安排。四是化用典故、意境迭出。顾浩的新体诗，继承了我国诗词创作的优良传统，在不影响理解与吟唱的前提下，适当地引用了一些事类典故，援古证今，以少总多，从而使得诗味更加浓郁，诗意更加深醇。

陈广德：顾浩精心创作的新体诗集《尧天旋律》内容丰富，立意高远。用诗的语言表达作者所见所思、所闻所解、所忆所感、所历所悟。或高歌盛世、彰扬先进，或游览观光、历今怀古，或怀亲思友、写心抒怀，或激浊扬清、扶正祛邪，无不弘扬着时代主旋律。他的诗词，让人感染，予人启迪，给人鼓舞，催人奋进。从《金陵春草》到《尧天旋律》，读者看到的是诗人坚持如一孜孜不倦的探索精神。他非常关注中国诗歌的发展，并为此作出了显著的贡献。长期以来，他积极探索创建中国特色新诗体。以极大的热情，投身到诗歌活动和诗歌创作实践中去。《尧天旋律》百首新体诗，每首都有一个正题、副题。正题是诗旨，是诗人要表达的主题思想；副题表明诗材，是内容。每首诗分上下两段。句式长短不拘，但也有基本规律可循，“四四六”或“四四七”为主式。多用对偶，这样句式整齐，既有规矩，又不复杂，更显整齐曼美多姿。每首诗押八韵（极少数字数较多的诗篇，则每段押八韵），被称为“金陵八韵”。大部分押同一韵部的韵，而且严格区别平仄声，或押平声韵，或押仄声韵，有时灵活用韵。总而言之，顾浩独创的“金陵八韵”诗，既不同于“新古体词”，又不同于自由体新诗，而是吸收了两者之长。顾浩一首首弥漫诗情画意的新体诗，让人耳目一新。愿他更上层楼，继续向更高峰迈进！

【组诗欣赏】

共产党颂

为党的十九大而作

北斗七星耀眼明，
南湖一舟吃水深，
共欢呼赤县升腾红火轮！
马列旗帜举在手，
家国情怀萦于心，
一登台浩气盖世撼乾坤！
无上壮志无谁比，
有形高风有公论，
只图个幸福美满天下人！

五十六族擎天柱，
千万里地尽忠魂，
百姓事唤起百姓主浮沉！

草鞋蓑衣伴岁月，
糠菜苦水度晨昏，
为大众历尽艰险春复春！
屡次围剿成笑料，
万里长征谱雄文，
得道者敢教魔怪化烟尘！
民族振兴千秋愿，
中华腾飞万古恩，
跟党走好梦纷纷正成真！
登峰回望风云路，
撸袖激扬精气神，
翻新页再铸丰碑地球村！

万象更新

欢庆改革开放四十周年

转眼四秩光阴，
萦怀千般景象，
庆我祖国又换新天地！

欢呼九州潮奔,
喜迎万邦客来,
东方巨龙昂首正崛起!
乡村云锦焕彩,
城镇繁星腾辉,
盛世家园是处竞相丽!
伟人一声号召,
各族百姓拼搏,
春华秋实笑傲风雨里!

碧落有事敢问,
寰球无险可惧,
炎黄子孙满腔浩然气!
奇迹迭出频传,
佳梦高筑速圆,
中华儿女铁肩担大义!
昏霾时而蔽日,
银汉始终横空,
神圣使命执意扛到底!
举旗肺腑霞蒸,
撸袖血肉劲鼓,
登峰放歌豪情涌心际!

迎新春

写在辞丁酉迎戊戌之际

对风驰霞蒸二月天，
歌盛日伟业，
心潮浩渺。
长空揽月去，
大海捉鳌回，
神州春光别样好。
屈指悠悠五千载，
几经磨难，
而今挺身论丁卯。
炎黄铮铮骨，
江山锵锵声，
太平世界敢为堡！

华夏巨轮破浪行，
金桨哪划，
舵盘谁操？
生来饮水爱问源，
看镰锤旗红，
万众撸袖忘昏晓。

正时代更新，
鸿图焕彩，
圣灯亮彻圆梦道。
中国富强，
寰球兴旺，
但愿人间共欢笑！

国之重器

贺神威太湖之光
超级计算机荣获世界冠军

疾风动地，
迅雷惊天，
太湖之光耀珠巅！
神机妙算，
威力难掂，
瞬超人间几十年！
照问未来，
更务当前，
胸海尽翻高精尖！
功在华夏，
利及坤乾，
五洲赞扬声一片！

登峰路上，
探幽崖边，
笑对禁令无须言！
抗暑斗寒，
闯关攻坚，
国芯亮相情万千！
揽月捉鳖，
跃马挥鞭，
旷古重担压双肩！
九州兴旺，
百姓香甜，
举世魂牵追梦篇！

舜日颂

拜谒舜帝陵庙

倒转乾坤几千载，
怀着满腔敬意，
来到舜帝跟前。
双瞳炯炯日与月，
即便上下有际，
也是左右无边。
受虐遭逐视如芥，

只知报恩之事，
不识复仇其言。
脚踏实地深痕在，
历山稼穑境高，
雷泽渔猎风鲜。

唐尧心宽金睛明，
举起圣贤当权，
盛世光景连年。
正气腾腾万众钦，
部落欣喜结盟，
中华豪傲开篇。
肩负重任人间路，
平却四凶作乱，
安得百川润田。
胸海霞蒸梦更远，
五典震惊北斗，
九韶响彻南天。

天堂在人间

游览华西村

一到华西，

三魂七魄羽化，
五脏六腑飞霞。
攀上高塔，
龙湖瑶溪圣水，
虹桥回廊仙槎。
驾鹰翱翔，
彩楼宝殿堆绣，
凯歌曼舞喧哗。
游万米长城，
风雨雪眼际，
日月星天涯。

登门入室，
祖孙四代同堂，
男女八口共茶。
追梦寻根，
富裕艰难相伴，
欢乐忧患交加。
笑指碧空，
金阙琼宫哪里，
玉帝姮娥谁呀？
怎及得世间，
福喜寿村落，

精气神人家!

追梦歌

读史感赋

眼界文字,
胸海风云,
饱经忧患五千年。
炎黄问世,
神州追梦,
岭高路险难为言。
历朝圣贤,
屡代儿女,
前赴后继铸雄篇。
日月推移,
人寰翻覆,
龙腾虎跃向珠巅!

中华一族,
环球比翼,
扬眉吐气傲坤乾。
江卷银浪,
山横金汤,

恶魔凶煞请靠边。
硕果满目，
欢歌盈耳，
仙乡琼阁飞霞烟。
不是天赐，
也非地赠，
任重道远凭万肩！

巡天歌

紫金山巅遐想记

携卷紫峰，
放眼苍穹，
满腔春潮起。
日暖万类，
月明千古，
寥廓互为体。
银汉耿耿，
时空悠悠，
一片青天意。
大风奔驰，
断云竞渡，
都在可测里。

众星恨乱，
彗帚恐安，
上帝铭心际。
广宇无疆，
征轮有序，
横行必自毙。
神龙升腾，
碧海震荡，
九霄吐正气。
雷雨点赞，
乾坤合奏，
瑞雪纷纷地。

汉字情

翻阅中华大字典感赋

字闪星光，
词耀霞彩，
每念仓颉总垂涕。
回首童年，
习书时候，
点画撇捺皆心意。
初读诗文，

始弄笔墨，
方块篇前逸兴起。
七十春秋，
三万珠玑，
萦脏入腑梦魂里！

幸生神州，
傲执狼毫，
试问哪国能相比？
五尺健躯，
四千密友，
奔雷难毁鱼水契。
多日苦思，
一夕骤得，
把杯高诵忘所以。
无声言语，
有形情志，
经典满堂何雄丽！

千秋壮举

纪念红军长征胜利八十周年

高空滚滚腥风急，

大地凄凄血雨狂，
红军我敢问天路在何方！
于都一举千秋步，
遵义奋书万古章，
红旗下铁骨精魂世无双！
赤水河涛惊四渡，
金沙江浪叹悲壮，
就凭着小米步枪战八荒！
大渡河阻强行过，
泸定桥险也无妨，
这正是正义之师不可当！

草地炊断总坚忍，
雪山寒彻都照扛，
只因为信仰满怀人如钢！
三军会师陕甘地，
百姓瞩目北斗光，
激动得各族儿女泪汪汪！
艰难困苦长征路，
匡时救国共产党，
遵民意驱除魔怪求安康！
万众心铭万里史，
九州情系九回肠，

中华轮载梦扬帆更远航！

漫游乐

游览高淳国际慢城

漫游慢城不见城，
弯弯曲曲，
高高低低。
一登青山满目山，
重重叠叠，
即即离离。
缓步西坡又东坡，
花花绿绿，
依依呢呢。
喜立峰头望村头，
星星户户，
塘塘溪溪。

欢别噪声听鸟声，
群群阵阵，
唱唱啼啼。
悠然眼宽心更宽，
清清新新，

了了叽叽。
屡入诗境进仙境，
逛逛停停，
句句题题。
最爱合家聚农家，
杯杯盘盘，
笑笑嘻嘻。

永世情

念友人恩德

花开知时，
燕归有期，
凭谁问、吾友至何处？
鱼没捎信，
雁未传书，
怎解我、愁思之苦？
望漫天云厚，
遍地叶肥，
胡不回、同谱梅雨赋？
拟高朋相会，
美酒互敬，
又觉得、岂能缺汝？

忆春来秋往，
星沉日升，
总盼着、衷肠一吐。
情蕴话内，
意溢言外，
每面后、扫却酸楚。
今登峰孤吟，
举杯独酌，
想此刻、您泪落泉路。
纵辞人世，
难离余心，
常浮现、莺歌凤翥！

情悠悠

和友人重逢

金花香浓，
春鸟歌酣，
儿时好友在哪边？
抱树追昔，
沿河寻踪，
正遇伊人到面前。
执手相看，

噙泪互慰，
一片童心似当年。
两载同窗，
七秩牵肠，
胸海浩荡情万千！

往事山轻，
离愁江浅，
云蒸浪腾翻紫烟。
书内知识，
课外孩趣，
旧梦回味总新鲜。
晚蛩竞唱，
幽意难尽，
抬头遥对三月天。
髫龄惜别，
盛世重逢，
诗腹又添雄丽篇！

（原件见前彩插）

谈谈我的八韵体新诗

顾　浩

我非常感谢江苏省诗词协会为我举办这次研讨会！非常感谢各位领导、各位诗家对我八韵体诗作的热情鼓励和中肯批评。说句心里话，对召开这样的研讨会，我是有顾虑的。因为我的创新诗作还仅是初步尝试，到底行不行，还得经过实践的检验和时间的考验。而我们省诗协的凌启鸿会长、葛韶华常务副会长，对诗体创新高度重视，满怀热情，决定召开这个研讨会，我只有服从这个安排了。我将以这次研讨会为新的起点，对中国特色新诗体，从理论与实践的结合上，进行深入的探索，不辜负大家的殷切期望。借今天这个机会，我想跟大家谈谈我的八韵体新诗，目的还是请大家指教。

（一）八韵体新诗的形成

我毫不夸张地说，我有七十年的诗歌情结，八韵体新诗是我七十年诗歌心血的结晶。我幼年进私塾读书，刚刚识了一些字后，丁少之老先生要我抄写李白的一首诗："一为迁客去长沙，西望长安不见家。黄鹤楼中吹玉笛，江城五月落梅花。"李白是什么人？诗是什么东西？我当时一无所知，丁老先生也一句未说。但我已深深陶醉在这二十八个字里了。这是我第一个刻骨铭心的诗歌记忆。而后进小学读书，读到三年级时，我们的班主任许胜余老师文章写得好，诗也作得好。在他的影响下，我特别爱诗，喜欢读诗。1956 年我开始习作自由体新诗，而后在江苏师院编辑的《诗选》上刊载了。1960 年开始习作散文诗，并多次在《新苏州报》和《新华日报》上发表。1966 年初，我反复研读毛主席诗词，看到其中有些经典之作也不是完全遵照平仄律的。于是，我想可不可以突破平仄律的限制，来创作古体诗词。按照这个想法，我填了《水调歌头·废黄河滩》一阕。但由于"文革"开始了，我的这一尝试骤然而止。党的十一届三中全会以后，我看到中国诗坛拨乱反正，呈现兴旺景象，十分高兴。特别是看到著名老诗人贺敬之用格律体形式作诗，但不完全按照格律诗的规定，称作"新古体诗"。由此启发了我，我填起了"新古体词"，并陆续在全国和省内外报刊发表，造成了一定的影响，被著名老诗人吴奔星称之为中国诗坛的"北贺南顾现象"。与此同时，我至今也没有弄清楚是谁把我的"新古体词"送到《人民文学》杂志发表了，引起了大诗人臧克家的关注，他打电话询问：顾浩何许人也？多大年纪？在诗坛大家和广大读者的激励下，我先后创作“新古体词”328首，被著名文学评论家陈辽赞誉为“我国改革开放时期新古体词的代表诗人”。以上这一切，对我不仅是极大的鼓舞，更是有力的鞭策。我回顾了几千年来中国诗体几经变革、几度辉煌的历史，产生了一个强烈的念头，这就是：充分发扬古典诗词和自由体新诗的长处，避免其短处，创建一种具有中国特色、中国风格、中国气派，为中国老百姓喜闻乐见的新体诗歌。为此，我不仅写了多篇文章，进行理论探讨，而且把自己的想法付诸诗歌创作实践。从2009年开始不到十年时间，已创作了八韵体新诗180首。从以上所述我的诗路历程可以看出，我创作八韵体新诗，不是一时心血来潮，而是经历了长时间艰苦孕育的结果。

（二）八韵体新诗的架构

中国诗歌从诞生之日起，就以其独特形式区别于而后兴起的其他任何文学样式的。诗就是诗。诗有诗的形式。抛弃了诗的形式，诗也就无从谈起了。

我的八韵体新诗的基本架构是：三个诗行构成一个诗节，四个诗节构成一个诗段，两个诗段构成一首诗篇。其中也有极少数诗篇，因表达内容的需要，对这样的架构稍有调整。

在诗篇的基本架构保持稳定的前提下，对诗行字数，也保持基本稳定，以“四四七”式为主组成一个诗节。但是，也不是自设镣铐，自我束缚得过死。根据诗篇的抒情达意的需要，

“七七十”式，“六六九”式，“七六六”式，“四六六”式，“四四五”式，“七四四”式，不规则式，等等，都出现过，显得灵活机动，又不失规矩。

我的八韵体新诗保持这样的架构，有几个好处。一是既有参差错落之美，又有参差对称之美。二是诗作显得比较简练，一般一首120字左右，最长不超过200字。三是大架构稳定，小架构自由，给诗创作留下了充分施展诗情的余地。

（三）八韵体新诗的用韵

我坚持“诗为韵文”这一诗的法则。押韵，是中国诗歌几千年的好传统，好规矩。诗离开了韵，诗美就大打折扣。说到底，什么是诗，押韵是诗不可或缺的重要一条。

我还认为，当代人作诗必须用普通话韵。这道理很简单，当代人作的诗是给当代人看的，是留给后人看的，古人是无法看到的。因此，我总觉得，“平水韵”等早就过时了。

我的八韵体新诗，首首押韵，押普通话韵。一般是在每个诗节的第三行用韵，上下两个诗段共八个诗节，用八个韵。极少数几篇，因内容丰富，诗行文字增加了，为诵读时更朗朗上口，在每个诗节的第二个诗行也用上了韵，这样，一首诗的上段和下段各有八个韵。

我的八韵体新诗限押八韵，但具体用韵时并没有限得过死。一般情况下，一首诗或押平声韵，或押仄声韵，都是一韵到底。遇到特殊情况时，我则采取灵活用韵的办法。或上平下仄，或平仄相间，或平仄不分，甚至个别诗篇上下段分别用不同韵部的韵。我作诗坚持用韵，又灵活用韵，效果是好的。一是增加了诗味。有些读者对我说："诗押了韵，读起来味儿就不一样了。"二是便于诗的传播。让我感动的是，有些读者把我写的一些诗句都能背诵了。三是这样用韵推行起来不会觉得困难重重。

总而言之，我们作诗应当坚守中国诗的传统规矩，讲究诗韵。押韵的好诗，才能适应中国老百姓欣赏诗的习惯，才能满足中国老百姓诵读诗歌的要求。

（四）八韵体新诗的语言

中国诗歌从诞生之日起，就特别讲究语言的凝炼，这个好传统，我们不能丢。如果把诗句弄得很粗糙，很平淡，很庸常，这就算不上诗了。

我在创作八韵体新诗时，毫不自夸地说，在诗的语言锤炼上是下了苦功夫的。大家没有见过我的诗稿，我的诗从初稿到定稿，不知修改了多少次！我是一个字一个字地打磨，一个诗句一个诗句地推敲。细心的读者还注意到了，我绝大多数诗篇没有一个字重复。我肯下这种艰苦的炼字、炼句的功夫。我的诗从初稿到定稿，往往改得面目全非。炼了字，炼了句，更炼了意。

我在创作八韵体新诗时，根据每一首诗抒情达意的需要，采用了各种修辞手法。

一是对仗法。这是我用得最多的修辞手法。或者是每个诗节的头两个诗句对仗，或者是每个诗节的后两个诗句对仗。《共产党颂·为党的十九大而作》开头两句“北斗七星耀眼明，南湖一舟吃水深”，表明了中国共产党奋斗目标十分明确，肩负的历史使命非常沉重。两个对仗句中相对应的位置分别有“七”“一”二字，含意不言而喻。《天堂在人间·游览华西村》上段末两句“风雨雪眼际，日月星天涯”，抒发了人们“游万米长城”时对几千年中华民族艰难行进的浩然之情。

二是赋笔法。这也是我在不少诗篇中喜欢使用的一种修辞手法。《千秋壮举·纪念红军长征胜利八十周年》，我将二万五千里长征中红军战胜一个又一个艰难险阻，一一道来，把红军长征的磅礴气势描述出来，较好地显示了震撼人心的艺术力量。

三是比拟法。诗不用比拟是不能生动形象的。我在绝大多数诗篇中都或多或少地采用了明喻和暗喻的修辞手法。《汉字情·翻阅中华大字典感赋》：“七十春秋，三万珠玑，萦脏入腑梦魂里。”“五尺健躯，四千密友，奔雷难毁鱼水契。”我将三万汉字比作“珠玑”，四千常用汉字比作“密友”，抒发了我对汉字的深厚感情。

四是拟人法。我常常将自然界无生命的东西，赋予人的情感，达到借物抒情的目的。《巡天歌·紫金山巅遐想记》，差不多句句说的天上事,但字字道的人间情。这样的诗,比较具有艺术感染力。

五是反衬法。这个修辞方法用得好,也是很有艺术效果的。《情悠悠·和友人重逢》,写的是我同七十年前的同学重逢的事。其中有两句诗:“往事山轻,离愁江浅。”我开始想写成“往事山重,离愁江深”,觉得也是可以的。后来经过反复推敲,把“重”字改成“轻”字,把“深”字改成“浅”字,修辞手法由比喻变成反衬,所表达的情感又更加深厚了。由此,我进一步感到,要形成诗的语言,就必须经过千锤百炼。这样形成的诗句,才能让读者眼前一亮,精神一振。

(五)八韵体新诗的境界

诗,必须要有诗的境界。没有境界的诗,不是诗。不进入高境界、新境界的诗,不是好诗。诗的境界不是神秘莫测的,是可知、可悟、可解、可赏的。那些百读不得其解的诗,不是境界深远,而是钻进了牛角尖,走入了死胡同,不是诗的正道。

我创作八韵体新诗,在诗的境界的追求上,是花了大力气的。虽然做得还不能尽如人意,但也有了一些初步体会。我感到,要让自己的诗作进入境界,要磨炼出好诗来,诗人首先要从多方面磨炼自己。

一是要有深厚的家国情怀。我们要对伟大祖国一往情深。我们要为五千年中华文明史而感到无比骄傲,我们欢呼中华崛起，我们憧憬祖国更加辉煌的明天，我们对祖国的一山一水、一草一木都魂牵梦系。我们有了这样的家国情怀，我们的诗篇里才能呈现非凡的境界。

二是要有深透的时代情思。我们这个古老的国家，是一个灾难深重的国度，更是一个砥砺奋进的国度。新中国成立，换了人间。改革开放，万象更新。现在，我们已跨进新时代。诗，是时代的号角，时代的鼓点，时代的记录。任何时代的诗歌，无不打上时代的烙印。诗上境界，必然要具有浓郁的时代色彩和深刻的时代印痕。

三是要有深切的盛世情愫。我们这一代诗人无比幸福，生活在空前的盛世岁月，是诗情爆发的时代。我们的诗歌应当具有翻天覆地的盛世气象。只有深入到新时代的实际生活中去，才能捕捉灵感，升华境界，使诗作充满时代气息。

四是要有深沉的百姓情结。中国诗歌有一个伟大、光荣的传统，这就是诗同人民群众鱼水相依。诗，反映人民的生活，传达人民的心声，鼓舞人民的斗志。诗的无穷无尽的源泉在人民群众之中，人民群众是诗歌繁荣的唯一丰厚的沃土。诗的境界在哪里？不在天上，在地上，在人民群众中间。习近平同志一再强调以人民为本，人民群众也正是诗歌之本。

五是要有深长的诗人情感。诗要进入新境界，不仅是要有客观条件的提供，还要有主观条件的具备。诗要进入新境界，诗人的人格修养、文学修养必须进入那个境界。说到底，诗中的那个外在的境界，不过是诗人内心境界的一种外在化的表达形式而已。所以,我常常自我告诫:千万不要辜负了“诗人”这一光荣称号!我要用我的诗感动别人,首先要看我写的诗能不能感动我自己!

(六)八韵体新诗的风格

我创作八韵体新诗,对风格的追求,可以用两个字概括为“雄丽”。所谓“雄”,主要是立意高远、境界壮阔、气势豪迈;所谓“丽”,主要是诗语华美、诗情幽美、诗型优美。

我创作八韵体新诗,追求“雄丽”风格,与我特别喜爱宋词是分不开的。宋词有豪放派、婉约派,而我是个“两面派”,豪放婉约我都爱。

到目前为止,我已创作的180首八韵体新诗中,有的豪放味儿更浓一点,有的婉约味儿更浓一点,基本上是两种味儿兼而有之,交相辉映。我之所以追求这种风格,总觉得这样才能充分显示盛世诗歌的气派,才能充分满足人们对诗歌审美的需求。

以上所述六点体会,在很大程度上是我的奋斗目标,而不是说我已经做得很好。我殷切期望得到大家的批评指教。

最后,我还要郑重申明两点。第一,八韵体新诗仅是我设想的中国特色新诗体的一种形式,绝对不是唯一的形式。早在几年前,我就说过,中国特色新诗体会呈现多种体式齐生共荣、争奇斗艳的局面。第二,八韵体新诗不是古体诗,是百分之百的新体诗。有的刊物将我的八韵体新诗编进“古体新声”栏目，这是误会。也有的人在编新诗选时，把八韵体新诗视为古体诗，不能入选，也是弄错了。由此我们也可以看出，创建中国特色新诗体，要从理论与实践的结合上形成共识，还要做很多工作，还要有个过程。裹足不前不好，操之过急也不行。

（顾浩，江苏省诗协名誉会长，江苏省委原副书记）

顾浩八韵体新诗研讨会：让更多的人来尝试

龚学明

2018年11月23日，顾浩八韵体新诗研讨会在南京华江饭店举行，江苏省、南京军区、部队院校老领导陈焕友、方祖岐、柴宇球、张连珍、顾浩、冯敏刚、凌启鸿，著名学者、诗人宋林飞、丁国成、孙友田、黄东成、冯亦同、万龙生、胡弦、龚学明、方政等数十人参加，大家用了一整天的时间再次聚焦在诗坛上引起广泛关注的八韵体新诗写作，并充分肯定其对新诗改革的贡献，同时认为到了广泛推广的时候了。

八韵体新诗课题研究已经成熟

江苏省委原书记陈焕友说，近年来我在学习中常读到顾浩同志的诗作，顾浩的诗歌对时代，对党，对国家，对民众，对江苏，充满了热爱和激情，弘扬主旋律，歌颂新气象，倾心尽情践行社会主义核心价值观。江苏每项重大建设,多个先进人物、模范人物,都留在了他充满热情、赞美、歌颂的诗中,这样的诗心诗情诗语,不仅让读者受到鼓舞,也对上了我的心路,我由衷地敬慕。我很乐意在这里为他的八韵诗作叫好!顾浩同志所倡导的践行的诗体创新也是我心之所系!诗歌是文学艺术中最耀眼的一颗明珠。文学艺术要发展,必须要推陈出新,不断攀登文学艺术高峰。我们理应对顾浩同志的诗作和他所倡导的诗体创新,多多理解与支持。

原南京军区政委方祖岐上将、江苏省委原副书记冯敏刚都在积极关注和探索诗歌写作的改革。他们都认为,中国新诗和旧体诗各有不足,比如新体诗太散,没有约束,旧体诗则需要推陈出新,写出时代特色。20 多年来,他们与顾浩各有探索,但都要求新诗写出韵味。对于顾浩潜心研究和倡导的八韵体新诗表示肯定,并认为经过多年的探索已经成熟,眼下要做的是向诗界推广,让更多的写作者尝试。

顾浩谈什么是八韵体新诗

在 23 日的研讨会上,江苏省委原副书记顾浩说,他有七十年的诗歌情结,八韵体新诗是他七十多年诗歌心血的结晶。他自幼即爱诗,1956 年开始习作自由体新诗,1960 年开始习作散文诗,作品多次在《新苏州报》和《新华日报》上发表。至今,他出版了《金陵春草》《江海涛声》《盛世风情》《神州凯歌》

《浩斋琴韵》《顾浩词选》《胜日乐章》《尧天旋律》等八本诗词集。他对诗歌作了“两步”试验，第一步是借古体词的词牌、体式，内容则新拟“旧瓶装新酒”，名之曰：“新古体词”，从《金陵春草》到《胜日乐章》就是这样的。他先后创作了328首“新古体词”。第二步是独创“八韵体”新诗。一般是三个诗行构成一个诗节，四个诗节构成一个诗段，两个诗段构成一首诗，每首诗八个韵。《尧天旋律》100首就是这一试验的成品！从2009年开始不到十年的时间，已创作出八韵体新诗180首。说到关键的探索，他认为，押韵是诗不可或缺的重要一条。他的八韵体新诗，首首押韵，押普通话韵。一般在每个诗节的第三行用韵，上下两个诗段共八个诗节，用八个韵。

江苏省政府原副省长凌启鸿认为，八韵体新诗的优势是继承了经典诗歌的优秀传统，也吸收了自由体新诗的长处，充分显示了汉字的多重美质，又避免了苛繁的格律和新诗的散乱，是顾浩对中华诗歌的一大贡献，也是中华诗苑的一大收获，值得庆贺与弘扬。

记者了解到，2009年开始，八韵体新诗理论研究启动。江苏省中华文化促进会联合中国社会主义文艺学会《诗国》杂志社，共同举办了以“创建中国特色新诗体”为主题的“中国·南通诗会”，全国一百余位诗人、专家、学者出席大会，顾浩关于创建中国特色新诗体的阐述，引起强烈共鸣。江苏省作家协会随后成立了“创建中国特色新诗体课题组”，并办内刊《诗家》，发表大量很有分量的理论文章和大量很有质量的探路诗作,已出版了10辑,公开发表论文70多篇。2016年3月,江苏省中华文化促进会和扬子晚报举办了“太仓诗会”,进一步研讨八韵体新诗等,顾浩热情呼吁诗体创新,努力创作出具有中国特色、中国风格、中国气派,为中国老百姓喜闻乐见的新体诗歌。

八韵体新诗创作正当其时

江苏省社会科学院原院长宋林飞教授说,他在忙于研究之余,也会通过诗词创作来调整身心。对于八韵体新诗,他进行了研究,认为八韵体新诗在题材上非常广泛,在审美上富有韵律美感,语言精练,炼句也炼意。他的创作,与顾浩的豪放风格不同的是,他的八韵体新诗多婉约。在会上,他朗诵了他创作的八韵体新诗,朗朗上口。

南京市诗词学会副会长朱小石提议,八韵体新诗在传播上要适应当前传播渠道变化的形势,除在纸质上推广外,还应该在新媒体上抢抓注意力,尤其要引起年轻人的关注,让更多的年轻人熟悉并创作八韵体新诗,在手机端上传播,扩大影响。会上,有诗人提出创建八韵体新诗微信公众号,建立八韵体新诗微信群,增加参与创作的人数和作品数量。

(龚学明,扬子晚报《诗风》专栏主编)

(本文刊于2018年11月24日出版的《扬子晚报》A8版)

顾浩八韵体新诗研讨会在宁举行

渠芳慧

11月23日上午，由江苏省诗词协会主办的“顾浩八韵体新诗研讨会”在南京市华江饭店举行，会议由葛韶华常务副会长主持，老领导陈焕友、方祖岐、张连珍、顾浩、冯敏刚、柴宇球、凌启鸿以及《诗刊》《中华诗词》副主编丁国成、重庆市诗词学会副会长万龙生等来自全国和省内的新体诗方面的专家学者近70位嘉宾出席了活动，共话八韵体新诗和推动新诗体创建。

会场气氛热烈，凌启鸿会长指出，在新时期，民众需求新诗歌，而现实中流行阅读的一些诗歌主题相对陈旧。诗歌变革是时代需要。省诗词协会致力于推动诗人学者对优秀传统文化的继承和创新，近年来，省诗协不断加强支持对以顾浩同志所从事的诗体改革为代表的新诗体创建活动，推动诗词创作适应新时代的发展变化，体现出弘扬主旋律、歌颂新气象的社会主义核心价值观。

凌会长讲话后，陈焕友、方祖岐、冯敏刚、丁国成等诸位领导和诗人及外地嘉宾相继发言，一致赞扬顾浩创建的“八韵体”新诗，祝福顾诗人的贡献。紧接着顾浩诗人讲了70年来学诗和创建新诗体的体会。

顾浩诗人迄今已出版八部诗集，近年来又精心独创八韵诗。会上，顾浩介绍了他的八韵诗的基本架构，一般是三个诗行构成一个诗节，四个诗节构成一个诗段，两个诗段构成一首诗，每首诗八个韵。据此写成《尧天旋律》100首，兼收并蓄经典诗歌的优秀传统和自由体新诗的长处，灵动的句式完全随情感而变化，充分显示了汉字的多重美质。

与会专家、诗人万龙生、朱小石、何嘉鹏、方政、冯亦同等同志作了热情洋溢的发言，范小青等同志作了书面发言，一致认为，顾浩开创的八韵诗继承歌唱时代、歌唱人民的现实主义精神，对涵容丰富的现代生活进行了积极探索，把历代词人浓重的忧患意识转化为积极向上和谐健康的时代精神，呈现出豪迈磅礴的艺术境界。

我省新体诗发展形势也博得外省同仁的广泛认同与好评。《诗刊》《中华诗词》副主编丁国成表示，顾浩同志敢于承担诗人的责任和使命，创建中国特色新诗体，成绩突出，令人肃然起敬。他期待每一位文艺工作者都以顾浩诗人为榜样，献出公心，促进中国诗歌在新时代的繁荣发展。会上还收到《中国文艺报》丁薇的贺信，安迪光、蒋义海的贺诗贺联和于平、颜景农、陈广德等诗友论文30多篇。凌启鸿做了总结，认为本次顾浩八韵体新诗研讨会取得了良好效果,并希望能有更多的诗人尝试新体诗创作。

本次会议是继 2011 年“南通诗会”以来一次重要的诗歌盛会,取得了圆满成功。

(渠芳慧,江苏省诗词协会《江海诗词》办公室副秘书长)

天时地利人和成就盛会

王同书

顾浩八韵体新诗研讨会，2018 年 11 月 23 日在南京华江饭店召开，到会领导、来宾和代表共 60 余人。气氛热烈，发言踊跃。这次会议被认为是自 2011 年创建中国特色新诗体“南通诗会”以来，又一次具有重要意义的诗坛盛会。规模小而精，议题大而深。一天会议有 30 多人发表对八韵新诗体的独立见解。发言者中有白发苍苍的老省委书记，有大军区老首长和著名诗刊的主编，享有盛誉的老诗人，更有青春焕发的中青年才俊和名校博导等，并多备有发言稿，围绕主题，侃侃而谈，让人欣然心会，听之忘倦。盛况与南通诗会相似，但更俭朴。南通诗会开了三天，到会 80 多人，华江会议 60 多人，只开了一天。南通诗会收到论文 20 多篇，华江会议也收到论文 20 多篇。

南通诗会是为创建中国特色新诗体树立了旗帜，让创建中国特色新诗体像春雷一样响在中国诗苑的天空。华江会议则是展示了“创建中国特色新诗体”这面旌旗在中国诗苑飘扬、挥动的轨迹和风采。胜绩可数的，八年来有关诗体改革的论文已发表近百篇，专著就有十种。

华江诗会上，到会专家、学者深入论证了“八韵诗”的美学价值，推动了“创建中国特色新诗体”这一工程进入一个新阶段，开拓了诗歌发展改革的新路。几年前，我写了《中国诗苑的现状和未来》，指出当今中华诗苑是“三分天下”（即以《中华诗词》为代表的当代格律诗，以《诗刊》为代表的五四自由诗，和以贺敬之、顾浩、方祖岐为代表的“中国特色新诗体”），现在看来，“八韵诗”正是这“三分天下”之一的创新之花，让人欣喜，让人点赞。

这次诗会之所以取得成功，是天时地利人和的最佳汇聚。2011—2018年，正是中华复兴的年代，经济腾飞，文化云涌，文学艺术创新活动面临大好春天。省诗协和课题组同志酝酿召开研讨顾浩同志八韵体新诗的愿望和提议得到大家一致赞同。一路走来，顺利召开。在筹备过程中，尤其是在编印资料《使命与辉煌》中，我们不断体会到江苏确实是人文荟萃，人杰地灵，江苏诗人目光敏锐，学植丰厚，勤奋尽心，创作力、理论力，充分发扬，应天时，接地气，创作了多本诗集和多种撰著，仅就这次会议上呈献给代表的资料就有十几种，且多为著名出版社出版的专著，为近年来学术会议上少见，值得人们引以为豪。

江苏创建中国特色新诗体这一工程，一直受到省领导和省文联、省作协的关爱，常规拨款，时时勉励，省诗词协会更是上上下下投入这一工程，为开好这次研讨会，诗词协会会长亲力亲为，团结协作，热心投入，才有这样圆满的盛会。

古今盛会，皆留鸿爪，南通诗会有《诗国·南通诗会专辑》，华江会议也编集《顾浩八韵诗评论集》，这可与南通诗会论文集相配，也可与《顾浩词评论集》《顾浩诗评论集》相配。

（王同书，江苏省社科院研究员，新诗体课题组成员）

顾浩八韵诗评论选编

评顾浩八韵诗创作的审美追求

陈少松

近十年来，勇于开拓诗词创作新天地的顾浩同志怀着高度的历史使命感，为创建中国特色新诗体努力探索，大胆实践，在继承中华传统诗词艺术和吸取新诗创作经验的基础上独创“金陵八韵”诗体，试用这种新体式精心淬炼了数以百计脍炙人口的诗作。“金陵八韵”诗无疑是当今中国新诗苑中的一株奇葩，她给广大读者带来从形式到内容别一样的诗美享受。

一、参差对称的格式美

赏读“金陵八韵”诗，其特定的格式首先让我们获得视觉上的丰富美感。

先看句式。中华传统诗词的句式有齐言（每句字数相同）的和杂言（每句字数不一）的两类，前者如四言诗、五言诗、六言诗、七言诗等，后者如古体诗中的杂言诗、词、曲等。“金陵八韵”诗的句式长短不一，从三字句到十字句都有，由三句组成一个诗节的格式多种多样，比如：

三三八式　春风起，彤云飞，愿人间、普雨盛世雨。(《公仆心·春日感赋》)

四四六式　群山南列，洋溪横贯，一方万古福地！(《万古福地·钱桥巡礼》)

四四七式　闭目扪心，俯首忆往，此生还算我初己？(《不忘初心·退休老人抒怀》)

五四七式　忆春来秋往，星沉日升，总盼着、衷肠一吐。(《永世情·念友人恩德》)

六四七式　总祈万事如意，桩桩件件，称心过半足够了！(《不祈万事如意·劝友人宽怀》)

七六六式　倒转乾坤几千载，怀着满腔敬意，来到舜帝跟前。(《舜舜日颂·拜谒舜帝陵庙》)

八五四式　对风驰霞蒸二月天，歌盛日伟业，心潮浩渺。(《迎新春·写在辞丁酉迎戊戌之际》)

七七十式　恶魔得意狂吠过，环球循规照样旋，越压制中华儿女志越坚！(《一张废纸·怒斥所谓南海仲裁案最终裁决》)

如此句式长短不一，看似古体词，细察有区别。古体词每一个词牌每一句的字数是限定的，各个词牌组句成节(大抵每一韵为一节)的方式大多是不同的。

“金陵八韵”诗各诗句的字数没有严格限定,而以“四四六”“四四七”为组句成节的格式用得较多,创作时根据表情达意的需要,可灵活选用其他组句成节的格式,如“三三八”“四四五”“五五七”“六四四”“七七十”等。从诗歌形式美的角度审视,如果说齐言的古典诗歌给读者以整齐一律的视觉美感,那么“金陵八韵”诗呈现在我们眼前的首先是参差错落之美。再看诗行的排列。我们知道,“把彼此不一致的定性结合为一致的形式”①,就显出平衡对称之美。“金陵八韵”诗句式长短不一,但诗人匠心独具,绝大多数诗作分为上下两片,通过诗行的有序排列,使上、下两片各诗节的组合方式一一对应。这种格式,能在参差不齐之中见出整齐一致,让读者产生平衡对称的视觉美感。

“金陵八韵”诗全篇绝大多数为 24 行或 22 行,让我们作一具体考察。

凡全篇 24 行的诗,上、下片各 12 行;每三句组成一个诗节,节末押脚韵,这样上、下片各有四个诗节,押四个脚韵。请看《万古福地·钱桥巡礼》:

群山南列,洋溪横贯,一方万古福地。四野稻香,百川鱼肥,钱桥名扬千里。绿荫普照,玉宇遍布,天堂未必可比!文昌人杰,物阜民丰,世代魂牵梦系!　　高楼抚

① 黑格尔:《美学》第一卷,商务印书馆 1979 年版,第 174 页。

今,赤墩追昔,五内风云骤起。器具还在,祖先远去,无限幽情难已。岁月奔逝,家园腾飞,赢得皆大欢喜。傲立桑梓,怕辱使命,满怀中华正气!

此诗上、下两片,不仅诗行和诗节数相同,且都以"四四六"式组句成节,因而字数也相同(每片各56字);均在每节末押上脚韵,各押四韵。"八韵体"中诗行类此格式排列作品有许多,只是诗句的字数和组句成节的方式有的有所不同。如《义愤歌·参观南京民间抗日战争博物馆》《不忘初心·退休老人抒怀》和《情悠悠·和友人重逢》三首均以"四四七"方式组句成节,上、下片各60字。

它如《名楼吟·参观岳阳楼》以"七四四"式组句成节,上、下片各60字;《舜日颂·拜谒舜帝陵庙》以"七六六"式组句成节,上、下片各76字;《一张废纸·怒斥所谓南海仲裁案最终裁决》以"七七十"式组句成节,上、下片各92字;而《天堂在人间·游览华西村》稍有变化,上、下片前面三节都是"四六六"式,最后一节均为"五五五"式,上、下片各63字。

凡全篇22行的诗,上、下两片各11行,都是前面每三句组成一个诗节,最后两句组成一个诗节,均在节末押脚韵,这样上、下片也是四个诗节,押四个脚韵。请看《城市美容师·清洁工人颂》:

紧握竹帚,横扫垃圾,年年月月时时。严冬清晨,酷暑黄昏，总怀着一路心思。败叶休染，废屑难留，爱展街道丽姿。不用椽笔，写下惊人新诗。　　胸无埃尘，地常洁静，天天砣砣孜孜。为了大业，忘却小我，谁吐过半句怨词？绿满双目，和盈五内，故园胜境如斯。万众放歌，赞颂城市美容师！

这首诗的上、下两片除在相同位置押相同数量的韵外，都依次按“四四六”“四四七”“四四六”和“四七”式安排的。再看《桃李芬芳·祝贺母校——苏州大学建校一百一十周年》：

子实殿高，维格堂深，仰观俯思百般情。经多少春秋，数番风雨，而今展翅五湖惊。有名师迭起，俊杰辈出，遥看长空万点星。育人圣地，为了神州得康宁！　　锦园八顾，秀木环合，漫天纷飞桃李英。念运河源远，钟楼根固，回首征途意难平。知盛世任重，大众望厚，举旗挥汗更前行。再搏四秩，满校霞照千里明！

这首诗上、下片四个诗节则都依次按“四四七”“五四七”“五四七”和“四七”式安排的。

总而言之，以上所举各例，无论是24行诗还是22行诗，虽诗句长短不一，组句成节的格式多种多样，但各诗上、下片的诗行数一样，诗节数、韵位和押韵数相同，且上、下片各诗节的组合格式均一一对应。如此结构诗行，符合形式美的创造规律，使我们不仅见到了“金陵八韵”诗格式所独具的平衡对称之美，而且由于诗节组合方式的变化生新，还领略到了这种格式之美的丰富多彩。

有一点需要指出，为了更好地表情达意，“八韵体”对诗句的字数并没有严格的限定，因此，有的诗作中某些诗节中少数诗句的字数并没有做到上、下片完全对应。比如《永世情·念友人恩德》上片四个诗节的组合方式依次是“四四八”“四四七”“五四八”和“五四七”，而下片四个诗节的组合方式依次是“五四七”“四四七”“五四八”和“四四七”，其中有的地方不对应，即上片第一诗节的第一句四个字、第三句八个字，而下片第一诗节的第一句是五个字、第三句是七个字；上片第四诗节的第一句五个字，而下片第四诗节的第一句是四个字。但从总体上看，这两首诗的诗行排列可算是平衡对称的。

二、和谐铿锵的韵律美

黑格尔有言：“音节和韵是诗的原始的唯一的愉悦感官的芬芳气息，甚至比所谓富于意象的富丽辞藻还更重要。”[①]赏读“金陵八韵”诗，其和谐的韵律真让我们获得听觉上的芬芳美感。

先说押韵。顾浩同志深知押韵在诗歌的创作、欣赏和传播中有着不可或缺的作用，因而在创建新诗体的过程中十分重视

① 黑格尔：《美学》第三卷下册，商务印书馆 1981 年版，第 68 页、第 69 页。

对押韵的探索:"诗是韵文,必须押韵,押全国通用的普通话韵。但这里所说的押韵,可以设想,不必搞得过分严格。……可以预料,和谐的韵律,将成为中国特色新诗体的鲜明特征。"①他对诗歌韵律美的追求,在"八韵体"诗的创作实践中结出了硕果。"八韵体"诗押韵的特色,主要有三点。

一是押普通话今韵。中华古典诗词用古代汉语写成,押的是古韵。由于时代的变迁,古今语音发生了变化,许多诗词中的一些韵字用普通话诵读,听起来已觉不和谐。"若无新变,不能代雄"②。当代人写作新诗,大可不必遵循旧规押"平水"古韵,而应根据新诗体的韵律要求,押全国通用的普通话新韵。因为这样做,对诗人而言,方便选声下字,易写出韵律谐美的诗篇;对读者而言,易诵易记,可充分领略诗篇和谐悦耳的韵律之美。"金陵八韵"诗每一首都精准地押普通话今韵,尤值得注意的是,有好多诗篇将古汉语中读入声的字作韵脚,而我们用普通话诵读起来,全诗韵律和谐美听。如《中华儿女情・中国撤离在利比亚人员》中押韵的八个字"急(jí)""夕(xī)""吉(jí)""笛(dí)""籍(jí)""迹(jī)""激(jī)""集(jí)",在古代汉语里都读短促的入声,而本诗押的是普通话的平声韵,这八个字或读阴平,或读阳平。又如《古邑春・为如皋巨变而赋》中的八个韵脚字"邑(yì)""壁(bì)""寂(jì)""溢(yì)"

① 顾浩:《创建中国特色新诗体》,《诗家》第1辑,第10页、第11页。

② 萧子显:《南齐书・文学传论》,郭绍虞主编《中国历代文论选》第一册,上海古籍出版社1979年版,第265页。

“力(lì)”“戟(jǐ)”“抑(yì)”“笔(bǐ)”,在古代汉语中也都读短促的入声,而在今音普通话中或读上声,或读去声,全诗押的是仄声韵(上、去通押)。

二是限押八韵。顾名思义,“金陵八韵”诗,全诗不多不少押八个韵。这八个韵的位置是限定的:上、下片各四韵,押在每个诗节末行的句末。换言之,24 行诗每隔 3 行,即在上片和下片的第 3、6、9、12 行句末的位置押上脚韵;22 行诗则在上片和下片的第 3、6、9、11 行句末的位置押上脚韵。诗的韵是审美心理的落脚点。我们赏读“金陵八韵”诗,分外感到那疏密合度的“八韵”,犹如疾徐有致的鼓点,音调铿锵,节奏鲜明,从而极大地唤起听觉的美感和情感的共鸣。需要指出的是,“八韵体”限押“八韵”,然也有个别的例外。《尧天旋律》集中所收《悲剧伟人·读刘少奇传》那首篇幅较长,分上、中、下三片,增加了一片,多押了四韵,全诗共押十二韵。还有的诗在“八韵”之外加“八韵”,如《一张废纸·怒斥所谓南海仲裁案最终裁决》。初看此诗,严按正规押了“八韵”(“前”“年”“言”“嫌”“边”“田”“坚”“片”);细读一遍,发觉作者考虑到诗句字数增加了,于是在每一韵所在的前一行,即上片和下片的第 2、5、8、11 行诗句末增押了“八韵”(“眠”“肩”“颠”“篇”“天”“间”“旋”“烟”),这等于是适度地加密了鼓点,使赏读时诗的音调更为响亮,从而增强了读者的听觉美感和情感共鸣。

三是韵式多样。如果说“金陵八韵”诗对押韵的数目和位置的限定是较严的,那么它的用韵方式则是多样的。既有平韵和仄韵一韵到底格(前者如《义愤歌·参观南京民间抗日战争博物馆》中的"行""京""腥""倾""庭""霆""瀛""平";后者如《巡天歌·紫金山巅遐想记》中的"起""体""意""里""际""毙""气""地"),又有平韵和仄韵灵活运用的多种格式。如有的用同一韵部的平仄韵通押格(如《一张废纸·怒斥所谓南海仲裁案最终裁决》中前面十五个平声韵"眠""前""烟"等与最后一个仄声韵"片"相押);有的用同一韵部的平仄韵转换格(如《不祈万事如意·劝友人宽怀》中上片押仄声韵"了""卯""少""脑",下片换押平声韵"搔""疗""飘""霄");有的用同一韵部的平仄韵交错相押格,(如《无私无畏·纪念江渭清诞辰一百周年》中的"杰(jié)""月(yuè)""结(jié)""业(yè)""歇(xiē)""雪(xuě)""别(bié)""灭(miè)");还有的上片和下片分别押不同韵部的平仄韵格(如《胸怀千古·参观河姆渡遗址》中上片押两个邻近韵部的仄声韵"落(luò)""获(huò)""渴(kě)""个(gè)",下片押别一韵部的平声韵"书(shū)""图(tú)""初(chū)""呼(hū)")。适当放宽对押韵方式的要求,创作时"因情立格",灵活用韵,这既有助于诗人更好地写景抒情,又给读者增添了声韵变化的听觉美感。

再说双声、叠韵和叠音。诗歌的韵律应该包括由双声、叠韵和叠音等构成音步节奏的声韵之律。所谓"双声",就是两个字的声母相同;"叠韵",就是两个字的韵母(韵腹和韵尾)相同;"叠音",就是同一个音节的重叠。三者都是利用双音节音步词中同音素与异音素有规律交替出现构成声韵律音步节奏的。双声、叠韵和叠音在中华古典诗词中屡屡见到，而在“金陵八韵”诗的创作中，这一传统的诗歌语言艺术常被诗人娴熟地巧妙运用。比如《迎新春·写在辞丁酉迎戊戌之际》中，用的双声词有“几经(jǐ jīng)”“金桨(jīn jiǎng)”；叠韵词有“浩渺(hào miǎo)”“华夏(huá xià)”“圣灯(shèng dēng)”“但愿(dàn yuàn)”；叠音词有“悠悠(yōu yōu)”“铮铮(zhēng zhēng)”“锵锵(qiāng qiāng)”。又如《抒衷怀·登高观雨感赋》中，用的双声词有“坦途(tǎn tú)”“些许(xiē xǔ)”；叠韵词有“万千(wàn qiān)”“肝胆(gān dǎn)”“翻天(fān tiān)”；叠音词有“潇潇(xiāo xiāo)”“绵绵(miān miān)”“深深(shēn shēn)”“浅浅(qiǎn qiǎn)”“嗡嗡(wēng wēng)”“耿耿(gěng gěng)”。有的诗在全篇八个诗节的末行收梢处用上叠音词，如《延安行·江苏文艺家延安演出记》：“步入圣城情依依”“顿知怎解一题题”“忽觉耳边风习习”“更忆当年雨凄凄”“傲数征程泪漓漓”“声遏行云韵细细”“欢唱韶光照季季”“准是颔首笑眯眯”。更为新奇的是《漫游乐·游览高淳国际慢城》：

> 漫游慢城不见城，弯弯曲曲，高高低低。一登青山满目山，重重叠叠，即即离离。缓步西坡又东坡，花花绿绿，依依呢呢。喜立峰头望村头，星星户户，塘塘溪溪。
> 欢别噪声听鸟声，群群阵阵，唱唱啼啼。悠然眼宽心更宽，清清新新，了了叽叽。屡入诗境进仙境，逛逛停停，句句题题。最爱合家聚农家，杯杯盘盘，笑笑嘻嘻。

此诗共24行，除八个诗节的首行为七字句外，其余16行诗均为四字句，每句都由两个叠音词按AABB式重叠而成。诗中双声、叠韵和叠音的巧妙运用，一方面增强了语言的表现力，使诗的意象更为鲜活；另一方面增强了语言的节奏感，使诗的声韵更加和谐动听，正像清代李重华所言："叠韵如两玉相扣，取其铿锵；双声如贯珠相联，取其婉转。"①

最后说平仄。平仄有规则地安排是增强节奏感、表现诗歌韵律美的重要手段之一，中华古典诗歌中的近体诗和词对平仄的安排有严格的规定。当代人写作旧体诗词，自然得遵循老规矩来调平仄。创作新体诗是否要讲究平仄律？笔者认为，这是创建中国特色新诗体在理论上和实践中必须解决好的一个问题。顾浩同志早在创作"新古体词"时就亮明了自己对平仄律的观点："一首词，既有丰富的思想内容，又有精美的词句，还有抑扬顿挫的节奏，三美皆备，读起来就会感到美不胜收。但是，历数古今词坛佳作，其创作者和欣赏者并没有把平仄律强调到不适当的程度。有不少传世之作，并不是一字不差地遵照了平仄律的。因此，我在填词过程中，自我放宽了平仄要求，尽最大努力写得朗朗上口，让人读起来感到酣畅淋漓。"②这就是说，他填"新古体词"，讲平仄，但放宽了平仄要

① 李重华《贞一斋诗说·诗谈杂录》，《清诗话》下册，上海古籍出版社1978年版，第935页。

② 顾浩：《胜日乐章·前言》，江苏教育出版社2009年版，第1页、第2页。

求。后来创作“八韵体”新诗，显然也是这样处理平仄的。随举一例，请读《情悠悠·和友人重逢》：

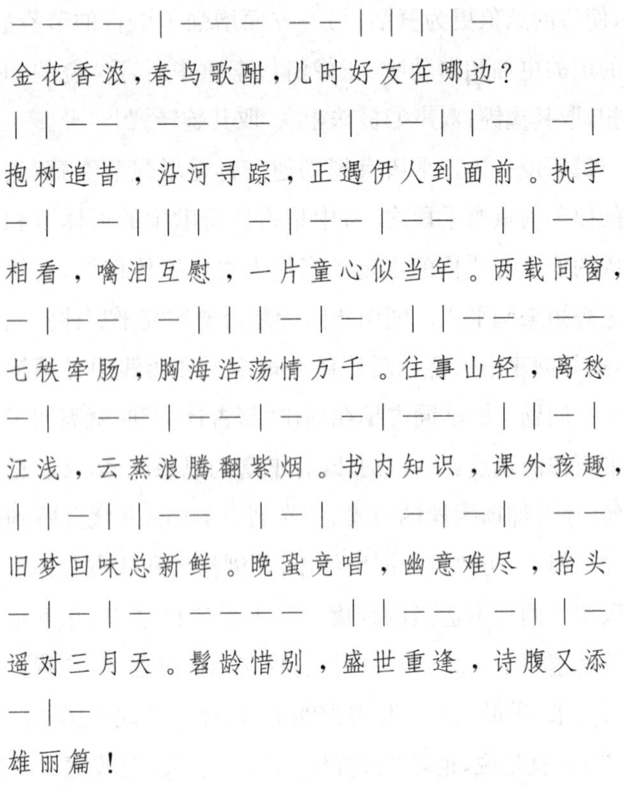

— — — — | — — — — — | | | —

金花香浓，春鸟歌酣，儿时好友在哪边？

| | — — — — — — | | — — | | — — |

抱树追昔，沿河寻踪，正遇伊人到面前。执手

— | — | | | — | — — | — — | | — —

相看，噙泪互慰，一片童心似当年。两载同窗，

— | — — — | | | — | — | | — — — —

七秩牵肠，胸海浩荡情万千。往事山轻，离愁

— | — — | — — | — — | — — | | — |

江浅，云蒸浪腾翻紫烟。书内知识，课外孩趣，

| | — | | — — | — | | — | — | — —

旧梦回味总新鲜。晚萤竞唱，幽意难尽，抬头

— | — | — — — — — | | — — — | | —

遥对三月天。髫龄惜别，盛世重逢，诗腹又添

— | —

雄丽篇！

这首诗共24行，其中有14行（上片的第2、3、4、6、9、10、11行和下片的第1、2、4、7、9、11、12行）节奏点上字的平仄相间，其余各行节奏点上字的平仄并不或并不完全相间。“八韵体”诗

各篇的平仄安排不尽相同，总体情况是，多数诗行平仄相间，部分诗行不或者不完全平仄相间。无论哪种情况，创作时选声下字都不是刻意为之，而是出于表情达意的自然需要。从诗歌声律的角度考察，诗人所追求的当是那种口吻调利、和谐自然的音节之美。

三、诗味浓郁的意境美

顾浩同志对创作诗词有着明确的审美追求："诗歌必须讲究境界，必须进入一个新的境界"[①]；又说："华人作诗，几千年来，都十分注重凝炼。……可以预料，精炼的语言，将成为中国特色新诗体的根本特征。"[②]赏读"金陵八韵"诗，总能让我们获得诗味浓郁的美感享受，其原因就在于诗人深谙诗美的规律，擅用精美的语言创造一个个情景交融、能将读者引入想象空间的优美意境。

王国维说："何以谓之有意境？曰：写情则沁人心脾，写景则在人耳目，述事则如其口出是也。"[③]"八韵体"诗中如王氏所言"有意境"之作多多。比如《一张废纸・怒斥所谓南海仲

---

① 顾浩：《胜日乐章・前言》，江苏教育出版社 2009 年版，第 1 页、第 2 页。

② 顾浩：《创建中国特色新诗体》，《诗家》第 1 辑，第 10 页、第 11 页。

③ 王国维：《元剧之文章》，郭绍虞主编《中国历代文论选》第四册，上海古籍出版社 1980 年版，第 390 页。

裁案最终裁决》，此诗上片起首述事："凶虎点火心叵测，狡狼煽风夜不眠，跟屁虫赤膊上阵跳台前"，用十分精准的语言活现了那三家合演一出荒诞闹剧的情境。接写回应："九州同仇齐耸肩，此经典垃圾箱里存万年""废纸上没有一句算真言""难比这欺世惹事五洲嫌！"如此下笔，十三亿中华儿女面对闹剧的愤慨和鄙薄之情溢于楮墨，怒斥最终裁决乃"一张废纸"，真可谓力透纸背！下片笔势轩昂，字字铿锵，先赞强大的国威军威："谁要我吞下苦果请靠边！"继表捍卫南海疆土的坚强决心："决不丢泱泱华夏一寸田！"笔者尤赏"祖宗开拓风浪里，世代耕耘云水间"，这两句写景述事，对仗精工，意象鲜活，读后油然激起爱我中华家园之情。诗的最后展望南海和平合作的美好愿景，捧出中华儿女的一片赤诚之心，读来真是豁人耳目，沁人心脾！这首诗味浓郁的佳作一发表，不仅赢得读者们的击节叹赏，更引来安迪光、颜景农、王同书、于平、孙拥君等众多诗家的欣然唱和。

中华传统诗歌美学推重"象外之象""韵外之致""味外之味"和"思而得之"。就是说，诗人表现了真景物、真性情，写出了意境深远的作品，读者只有发挥艺术的想象，见出言外的不尽之意，才能尽情地玩味诗作的意境之美。"金陵八韵"诗中不乏意境深远之作。比如《抒衷怀·登高观雨感赋》，上片写道："看青山绿水，素裹烟笼，怎掩我心事万千？大江南北履痕在，深深浅浅，处处踏出诗篇。"其妙处，不仅能状难写之景，如在目前，而且含不尽之意，见于言外。多少年来，诗人走遍大江南北，足迹所到之处，留下了讴歌胜日尧天的华丽乐章，这是诗句言内之意，一读便明了。然而作者不仅是诗人，更是曾长期担任省、市领导要职的官人，因而我们玩味诗句的言外之意时，自会神思飞越，穿越时空，想象出这位肩负重任的官人当年投身于改革开放伟业的种种情景：踏遍大江南北，或深入田间、车间、校园，开展调查研究；或率领干群攻克改革难关，奋战在抗灾斗争第一线；或巡视各地，一一考察改革开放给江苏大地带来的巨变……应该说，这位肩负重任的官人一路走来踏出的履痕本身就是一首首响彻时代主旋律的诗篇。诗的下片写道："从来人生无坦途，沧海扬帆，几度风口浪尖。些许蚊蝇嗡嗡叫，嗤鼻一笑，埋头迈步更向前。"这几句用极凝练的语言既写出了人生征途的深切感悟，又显示出不畏征途艰险、蔑视丑类作怪、一往直前的豪迈情怀。其中"沧海扬帆，几度风口浪尖"和"些许蚊蝇嗡嗡叫"是形象的比喻，读者在知人论世的同时，又可联系自身的人生体验来赏玩诗句所蕴含的深意。再如《巡天歌·紫金山巅遐想记》，写登上紫金山巅，放眼苍穹所见所思所感。诗中时空交错落笔，描绘了日月、星辰、风云、碧海、九霄、雷雨、乾坤、瑞雪等天地景观："携卷紫峰，放眼苍穹，满腔春潮起。日暖万类，月明千古，寥廓互为体。银汉耿耿，时空悠悠，一片青天意。大风奔驰，断云竞渡，都在可测里。　　众星恨乱，彗帚恐安，上帝铭心际。广宇无疆，征轮有序，横行必自毙。神龙升腾，碧海震荡，九霄吐正气。雷雨点赞，乾坤合奏，瑞雪纷纷地。"境界十分高远阔大；尤其值得称道的是，诗人匠心独运，字字写天上景，句句道人间情，将对历史的反思、对哲理的感悟、对盛世的讴歌和对未来的憧憬巧妙地熔铸进意象群中，从而使诗境蕴含深厚，余味曲包，读者从中获得丰富的美感享受。

四、精炼生动的语言美

在诗歌创作中，诗人凭借语言既使意象获得感性形态，又使内容通过一定的体式显示出来。诗歌之美离不开语言。

文学是语言的艺术，而诗歌的语言最为精炼。顾浩同志创作"八韵体"诗，对语言的运用有着十分明确的审美追求："汉语汉字，为诗歌创作提供了无与伦比的优越条件。华人作诗，几千年来，都十分注重凝练。……可以预料，精炼的语言，将成为中国特色新诗体的根本特征。"他在《诗人吟·春日临风感赋》中写道："搜肠得句，刮肚成篇，一题诗作汗满笺。初稿数改，老友几敲，一新诗艺味更鲜。"这是顾浩同志字斟句酌、苦吟"八韵体"诗的真实写照。笔者翻过他的诗作稿本，只见每一首都用彩笔反复改了又改。看似容易实艰辛，精雕细刻结硕果。语言的精美无疑成为"八韵体"诗的一大亮点。

"八韵体"诗语言的精粹凝炼，首先表现在：不容一个冗字，不容一句废话，绝大多数诗篇没有一个字重复，真可谓精益求精，字字珠玑。顾诗语言的精粹凝炼，又表现在言简而意丰，给读者提供充分的想象和思考的余地，从而获得味之无穷的美感享受。上文在评论“八韵体”诗的意境美时，所举《抒衷怀·登高观雨感赋》中的“大江南北履痕在，深深浅浅，处处踏出诗篇”和《巡天歌·紫金山巅遐想记》字字明写天上景，句句暗道人间情，这两例真让我们领略到了顾诗言简意丰、味之无穷的艺术魅力。

“八韵体”诗的语言美，还表现在“字立纸上”，即诗人巧妙运用多种修辞手法，使语言鲜明生动，富有表现力和感染力。

（一）比喻

“八韵体”诗中比喻用得较多。比如《寒窗吟·书斋灯火》中写道：“神光盈室，经纶满腹，汗牛奋蹄闹春耕。”前人常用耕田比喻读书。诗人点铁成金，用“汗牛奋蹄闹春耕”作比，妙下“汗”“奋”“闹”三字，生动地展现了“书生”寒夜灯下勤奋读书、其乐无穷的情境。谁读到这里，谁都会产生情感的共鸣。又如《共产党颂·为迎接党的十九大而作》起首放歌：“北斗七星耀眼明，南湖一舟吃水深，共欢呼赤县升腾红火轮！”诗人在第一、二两句的对仗中巧妙地嵌入“七”“一”两字，揭示歌颂中国共产党诞生的旨意。同时，在这第一个诗节中连用三个比喻，可称之为博喻：第一句“北斗七星耀眼明”，比喻中国共产党的诞生为中国革命指明了前进的正确方向；第二句“南湖一舟吃水深”，比喻中国共产党从诞生之日起就肩负起解放全中国、实现共产主义伟大理想的重大历史使命；第三句“共欢呼赤县升腾红火轮”，描写各族人民共同庆祝中国共产党的诞生，就像齐声欢呼神州大地上升腾起一轮火红的太阳。这起首三句笔带激情，比喻生动，意象鲜活，极具感奋人心的力量。

(二) 拟人

拟人手法在“八韵体”诗中也用得较多。比如《独领风骚·参观福建土楼》中写道：“翠峰贡画，碧流弄弦，千古光景千门外。”这儿用拟人手法将福建土楼依山傍水的景致写活了：那耸立的翠峰奉献一幅美丽的图画，潺潺的碧流拨弄琴弦，弹奏一支美妙的乐曲。如此落笔，山水多情，生动有趣，不仅从听觉和视觉两端突现出土楼门外山水之美，而且展示了土楼人家和门外山水之间和谐亲密的关系，字里行间洋溢着诗人的惊喜赞叹之情。再如《大义凛然·想起耀邦当年平反冤假错案时》中，用拟人的手法创造了“千峰喜耸，万水欢腾”的鲜活意象，生动地展现了当年举国上下欢庆“人世间、扭转乾坤”的情景，激情澎湃地讴歌了胡耀邦同志平反冤假错案的历史功绩。

(三) 映衬

将相反的事物放在一起描写，在相互对照、映衬中显得鲜明生动，这种映衬的手法在“八韵体”诗中有用得很好的例子。比如《情悠悠·和友人重逢》中写道：“往事山轻，离愁江浅，云蒸浪腾翻紫烟。”山本是重的，但与往事相比照，则显得轻了，可以想见往事该有多重。诗人的家乡有“江无底，海无边”的说法，可知江原本有多深，而诗人提炼后却写成“江浅”，这是因为在同离愁作比照，以此反衬离愁自有多深。复如《舜日颂·拜谒舜帝陵庙》中描述舜帝年少时的事迹：“受虐遭逐视如芥，只知报恩之事，不识复仇其言。”舜帝年少时受其父瞽叟和后母虐待，甚至几次险遭杀害，而他从不怨恨，坚守为子之道，“只知报恩之事，不识复仇其言。”诗人用映衬手法将舜帝这个孝闻天下的伟人形象描写得分外鲜明动人。

（四）对仗

讲究对仗是“八韵体”诗体式上的一大特点。一首之中，凡上下两句字数相等处往往用对仗。像《诗心·记南通诗会》《天堂在人间·游览华西村》《万象更新·欢庆改革开放四十周年》等篇，全诗 24 行，八个诗节，每个诗节都有两句成双作对，总共用了八个对仗。精妙的对仗尽显诗人的精雕细刻之功，不仅在形式上给诗篇增添了结构对称的视觉美和节奏和谐的听觉美，而且在内容上打破时间和空间的局限，将一个个丰富而鲜活的意象巧妙地组合在一起，从而激起读者的赏读兴趣，使之在各自的联想和想象中走进诗篇美的意境。请读《天堂在人间·游览华西村》：

一到华西，三魂七魄羽化，五脏六腑飞霞。攀上高塔，龙湖瑶溪圣水，虹桥回廊仙槎。驾鹰翱翔，彩楼宝殿堆绣，凯歌曼舞喧哗。游万米长城，风雨雪眼际，日月星天涯。　　登门入室，祖孙四代同堂，男女八口共茶。追梦寻根，富裕艰难相伴，欢乐忧患交加。笑指碧空，金阙琼宫哪里，玉帝姮娥谁呀？怎及得世间，福喜寿村落，精气神人家。

这首24行诗，上下两片各有三个由六字句构成的对仗和一个由五字句构成的对仗。每个对仗的字字句句都雕刻得极为精粹凝炼，尤其是上篇末联“风雨雪眼际，日月星天涯”和下片末联“福喜寿村落，精气神人家”，每句均为省略了谓语的不完全句，言虽简而意甚丰。不仅如此，诗的上片生动描绘华西村天堂般的美景：“龙湖瑶溪圣水，虹桥回廊仙槎”“彩楼宝殿堆绣，凯歌曼舞喧哗”，用语较雅；而下片如实记述访问华西人家的情境：“祖孙四代同堂，男女八口共茶”“富裕艰难相伴，欢乐忧患交加”，用语较俗。还有，上片首联“三魂七魄羽化，五脏六腑飞霞”中两句前四字较俗，后二字较雅；而下片第三联“金阙琼宫哪里，玉帝姮娥谁呀?”中两句前四字较雅，后二字较俗。雅俗并济，相映成趣，可说是“八韵体”诗语言运用的一个显著特色。

五、雄放瑰丽的风格美

对诗人而言，诗的风格就是他在创作中表现出来的创作个性和艺术特色。有无独特的创作风格，是考察诗人在艺术上成熟与否的重要标志。顾浩同志创作“八韵体”诗，对诗的风格有着明确的审美追求，在不少诗作中有过表白：“兼爱豪婉，力创雄丽，一派诗风万众前。”(《诗人吟·春日临风感赋》)、“血凝为字，泪飞成行，一诉衷情雄丽篇。”(《诗梦歌·春夜听雨感赋》)、“髫龄惜别，盛世重逢，诗腹又添雄丽篇。”(《情悠悠·和友人重逢》)依笔者浅见,雄者,雄放也,主要表现为气魄宏伟,激情奔放,笔力刚健;丽者,瑰丽也,指语言的色彩华美。在笔者看来,神州腾飞的时代巨变和诗人不平凡的人生征程,是形成其雄丽诗风的客观现实基础,而诗人崇高的理想、博大的胸襟、豪迈的气概、卓荦的才华和深厚的文学修养,则是铸就其雄丽诗风不可或缺的主观因素。

顾浩同志对诗歌风格的审美追求,在"八韵体"诗的创作实践中得到了充分地展现。比如《迎新春·写在辞丁酉迎戊戌之际》,讴歌盛日伟业,抒写浩渺心潮。读上片"长空揽月去,大海捉鳖回"两句,我们自会想到毛泽东同志于1965年所作《水调歌头·重上井冈山》中的名句:"可上九天揽月,可下五洋捉鳖。"如果说毛词中的两句是展望未来,"两个'可'字,显示出无产阶级革命家的豪迈气概,以革命浪漫主义的笔触写出了凌云壮志"①,那么由于时代的前进,当年的展望正变成现实,顾诗的两句以革命现实主义的笔触描绘神州腾飞的辉煌业绩,写出了中国人民的宏伟气魄和战斗豪情。诗的下片用极精美的语言、贴切的比喻塑造了一组鲜活的意象,生动地展现了中国人民在中国共产党的领导和习近平新时代中国特色社会主义思想的指引下,正奋战在圆我中华梦大道上的壮丽画卷:"华夏巨轮破浪行,金桨哪划,罗盘谁操?生来饮水爱问源,看镰锤旗红,万众撸袖忘昏晓。正时代更新,鸿图焕

① 公木:《毛泽东诗词鉴赏》,长春出版社2008年版,第306页。

彩，圣灯亮彻圆梦道。”谁读了这样的诗篇，谁都会激起圆梦的满腔激情。又如《名楼吟·参观岳阳楼》，上片描绘气势宏伟的岳阳名楼的壮丽景观：“金碧辉煌云霞蔚，未进天堂，喜见琼宫。雕栏玉砌仙阶行，……文丽日月耀佳构。”下片抒发诵读千古绝唱的感怀：“身入胜境，意贯长虹。一腔热血高远处，洞庭波涌，肺腑腾龙。物是人非魂永在，把酒讴歌，抒怀凌空。”“魂”者，冲高之精神也，当指《岳阳楼记》中的名句“先天下之忧而忧，后天下之乐而乐”所展示的范仲淹那博大的胸襟怀抱。赏读如此雄放瑰丽之作，真可令人开拓心胸，激励壮志，大有一腔热血涌向天际之感！再如《天堂在人间·游览华西村》，上片用华丽的语言描绘了华西村天堂般富丽堂皇的景观：“攀上高塔，龙湖瑶溪圣水，虹桥回廊仙槎。驾鹰翱翔，彩楼宝殿堆绣，凯歌曼舞喧哗。游万米长城，风雨雪眼际，日月星天涯。”下片妙笔生花，巧将神话世界中的天堂同人间天堂作比：“笑指碧空，金阙琼宫哪里？玉帝姮娥谁呀？怎及得世间，福喜寿村落，精气神人家。”全诗的字里行间，洋溢着诗人对人间天堂的惊叹、狂喜和盛赞之情。

中华传统词的风格有所谓“豪放”和“婉约”之分，清代桐城派的姚鼐将古典美文的风格概括为“阳刚”和“阴柔”两类，“豪放”属“阳刚”一类，“婉约”则属“阴柔”一类。顾浩同志是怀着强烈的历史责任感来创作新体诗、高扬时代主旋律的，因此，“八韵体”诗中大多数作品用“刚”笔描绘神州腾飞的壮丽画卷，抒发振兴中华的豪情壮怀，写得大气包举、音调高亢、境界阔大。应该说，他创作“八韵体”诗，在风格上主要追求的是那种雄放瑰丽、崇高劲挺的阳刚之美，或者说壮美。但需要指出，“八韵体”诗作的题材多样，诗人的情感世界多彩，审美情趣丰富。他自述“兼爱豪婉”，曾在早些年填的“新古体词”《女冠子·访李清照故居》中称美李词：“柔情泉涌，豪兴云崩，落墨皆生花。”“金陵八韵”诗中无疑多为“豪兴云崩”的雄丽之作，然而也有部分“柔情泉涌”的清丽之篇。比如《高情薄天·游绍兴沈氏园》追述陆游和唐婉凄婉而动人的爱情故事：“正当弱冠，喜结连理，春亭携手凭雕栏。而立之年，沈园偶遇，破壁题词泪斑斑！花甲刚过，鸿影早去，欲诉断肠唤不还！……胜迹长存，圣事永传，比翼凌空分亦难！世间儿女，六腑相通，每读钗头总潸然！”又如《布谷声里·夜闻布谷鸟鸣而发怀乡之情》：“夏夜沉沉，布谷声声，惹我一片乡心。小儿时候，大忙季节，闻鸟披霞耕耘。稻田刺绣，棉畦织锦，隔河相呼挥汗巾。到月挂星空，听老者、说古道今。　　光阴迫迫，人生匆匆，故里少了熟音。……容颜易变，腔调难改，旧友入梦珠泪淋。遥念衣胞地，高楼上、对天长吟。”再如表现师生或挚友间深情厚谊的佳作：“每辛苦多日，完美一课，频频赢得满堂彩！智乳喷涌，桃李花开春常在！　　……赞守职若命，视生如子，播向校园都是爱！今潇洒居家，远近登门，纷纷总把恩师拜。”（《师恩浩荡·贺张名媛老师九十寿辰》）；“金花香浓，春鸟歌酣，儿时好友在哪边？抱树追昔，沿河寻踪，正遇伊人到面前。执手相看，噙泪互慰，一片童心似当年。……往事山轻，离愁江浅，云蒸浪腾翻紫烟。书内知识，课外孩趣，旧梦回忆总新鲜。晚蛩竞唱，幽意难尽，抬头遥对三月天。”（《情悠悠·和友人重逢》）以上所举“柔情泉涌”之篇，语言同样华美，意象同样鲜活，但用的是“柔”笔，写得缠绵婉转，情韵悠然，呈现在读者面前的是那种清新悠远、温婉明丽的阴柔之美，或者说优美。“金陵八韵”诗中，无论是雄放瑰丽的壮美之作，还是清新婉丽的优美之篇，一样深受读者青睐。

（陈少松，南京师范大学中文系教授）

试论顾浩八韵诗的开创性、合理性和可行性

季世昌

今年是毛泽东在成都会议讲话提出创造新体诗歌 60 周年,中国诗人正在为实现毛泽东对中国诗歌的出路所提出的伟大构想,积极努力,作出贡献。今天召开的顾浩八韵体新体诗研讨会,就是江苏诗人对伟大领袖、诗人热切地关注祖国诗歌的前途和命运所作出的历史的回应。我们江苏省已经多次召开了新诗体讨论会,我省也已经出现了在全国有影响的方祖岐的自度词、顾浩的新古体词、丁芒的自由曲。这一次次的讨论会,必将有力地推动和促进新诗和旧体诗词的改革和创新,加快创建中国特色新体诗的步伐。听了前面各位学者专家的发言,很受启发,很受鼓舞。我想就顾浩"八韵诗"的开创性、合理性和可行性,发表一点不成熟的意见,以就正于各位方家。

首先说开创性。

顾浩的“八韵诗”，我认为在探索和创造新诗体的道路上，首先迈出了坚实而有力的第一步。大家都知道，几十年来顾浩同志致力于诗词创作，尤其是词的创作，取得了丰硕的成果。他的诗词创作，大致经历了三个阶段：从按谱填词，到不断地改革创新，直到现在，创造出了八韵诗。他的作品开始都标上了调，基本上按谱填词。后来，有人建议，既然打破了平仄，只主要按照词的句数、字数、韵脚及节奏、对仗等规则，就可以不标调名。顾浩同志接受了大家的意见，不标词牌，成了自己创作的新词。但是这些作品中，仍然基本上保持了原有词牌的格式、音韵和节奏，被人们称为新古体词。现在，改换了思路，索性抛开了原有的词牌，根据诗歌写作的原理、新体诗创作的要求，和自己多年来的创作经验，大胆地创造了“八韵诗”。这是一个新的突破，是一个质的飞跃。这是对于创造中国特色的新体诗，作出的一个新的贡献。

八韵诗的创造，我认为有几个方面的重要意义。一是表明了创造有中国特色的新诗体，进入了实质性的阶段。过去多年来的探讨，务虚的比较多，诸如：讨论目前我国诗歌创作的状况，新诗、旧体诗词的优点和缺点，我们应当创造什么样的新体诗，等等。诗人们也作了大量的探索，写了大量的作品，提出了多种多样的形式，但是还没有提出一种全新的模式，我认为顾浩八韵诗大大向前跨进了一步。

二是它的标本意义。怎么创造新诗体，这种新诗体到底应该是怎么一个样子，怎么才是一种比较固定的、为大家所公认的形式？我认为，以前提出的新古体诗、新古体词可以是一种形式，但主要是在原有诗词基础上的改良、改进，不能算是一种全新的形式。现在顾浩同志经过多年的琢磨、大量的艺术实践，拿出了“八韵诗”，听取大家的意见，然后再总结，再实践，再提高，使之不断成熟和完善。因而我认为顾浩“八韵诗”具有标本的意义。

三是顾浩八韵诗的启示意义。怎样创造新诗体呢？我认为诗人总是从原有熟悉的新诗和旧体诗词出发，从自己的知识结构、创作经验出发，进行反思、总结，吸收其他诗体的优点和长处，创造出一个新的诗体来。顾浩八韵诗就是在他几十年来写作词的基础上，不断改革创新，总结和吸收了诗和词两种主要艺术形式的优点而创造出的成果。

顾浩八韵诗的开创性，最突出的一点是它既吸收了诗和词的优点，又改变了词繁杂的毛病。他把几千年以来流传下来的繁复的词的形式，经过淘汰、改造，保留和发挥其优点，溶入创造的新诗体中去。

为什么这么说呢？这可以从古代诗和词形成的形式来作一个比较。

大家都知道，我国古代诗，最终发展到近诗体，主要有二十种形式，即十六种近体诗和五古、七古、五言古绝和七言古绝等古体诗，形式简明、精致、优美，又便于操作，许多人都爱读爱写，成为我国古典诗歌的主流形式。人们一向认为毛泽东是写词的高手，但据我的学习研究，毛泽东应当称为诗词兼擅、全面发展的诗人。中华人民共和国成立以后，他没放松词，更致力于诗。写的诗比词多，也比词好，对《登庐山》中“云横九派浮黄鹤，浪下三吴起白烟”他也颇为自得。

我国古代词，大家公认有了固定的形式，每个词牌都有固定的字数、句数、韵数和段数，每句都有固定的平仄，上下两句字数相同的可以对仗，也可以不对仗，还有的习惯上必须用对仗，还指出了哪些字必须用什么声调，一般的平仄不能通用，上去可以通用，但是在某处又只能用某个声调。在用韵上，有用平声韵的，有用仄声韵的，还有常用入声韵的。有一韵到底的，有换韵的，有交错用韵的，五花八门，纷繁复杂。词牌、体式很多，康熙《钦定词谱》就收有 826 个词牌，2306 体。一个词牌有多种体式。记得顾浩同志在一篇文章中说，有的词牌多达 37 种体式。那么，人又怎么记得住这么多的词牌、体式，加之那么多的句式、平仄、用韵极为严苛的要求，据我所知，一般人只常用几十个词牌。毛泽东作为大家，他留下的几十首词，也只用了 20 个词牌。作为大学教科书的王力主编的《古代汉语》也只收录了 38 个词牌。然而根据各人不同的爱好，所用的词牌又不同。被人们誉为是“学词第一书”的《白香词谱》收录了常用词谱 100 个。而据说各种人常用的不同词牌竟达二百几十种。所以词虽然有了定式，但要一个词人，掌握这么多的词牌和格式，那也太难了吧！因而写词的人和词的作品数量都比诗少，就不足为怪了。

再从诗和词的形成过程来作一个比较。古代诗，在长期的发展过程中，形式在不断地变化，逐步形成了自己特有的样式，这些样式在新的社会环境和在人们求新求变的要求下，不断突破，产生更新的样式。但在某一个历史时期，都有一个比较固定的诗体形式。比如，就诗句的字数多少而言，有二言体、三言体、四言体、五言体、六言体、七言体，另外还有八言体、九言体、杂言体等。就诗的句数而言，有仅一个断句的“满城风雨近重阳”（宋代潘大临）；有两句的“风萧萧兮易水寒，壮士一去兮不复还”（荆轲《渡易水歌》）；有三句的“大风起兮云飞扬，威加海内兮归故乡，安得猛士兮守四方？”（刘邦《大风歌》）；有四句的，如《诗经》、汉乐府诗；有六句的，梁元帝《采莲曲》、陈叔宝《玉树后庭花》；有七句的，司马相如《琴歌》、北朝民歌《敕勒歌》；有八句的，许多古代诗歌和律诗。超过八句的都可为长诗，唐代韦庄的《秦妇吟》三百三十八句，二千三百六十二字。汉代《古诗为焦仲卿妻作》三百五十三句，一千七百五十六字。诗又可分为组诗，一首诗中可分为若干章。在长期诗歌创作实践中，由于各种原因，主要由于我国诗的本质特征是抒情的、精炼的、高度艺术化的，因而有些诗歌形式被人们逐渐淘汰，有些被人们运用得更加精致圆熟。就字数而言，逐渐形成了两大样式：一类是通常称之为古体诗的，主要是四言、五言、七言，偶有六言。大致上说，不讲平仄，但要用韵。一类为格律诗，主要是五言、七言，也偶有六言。格律诗又分律诗、绝句，主要有五律、七律，五绝、七绝，通常四句、八句。也有六句的称为小律，十句以上的称为排律。格律诗必须讲平仄、粘对、对仗、用韵。总的来讲，比词的各种体式复杂的情况，简明多了，好操作多了。我认为，顾浩同志吸收了我国古典诗歌的主要形式、诗和词的优点和长处，而又淘汰、摒弃了词过于繁复的缺点，创造了八韵诗的形式，这不能不说是一个巨大的创造。

其次，顾浩八韵诗的合理性。

首先，必须分析一下顾浩八韵诗是一种怎么样的诗体？它的最主要的特征是什么？我认为主要是以下几点：全诗八韵，分为两段，上下各四韵。每两三句一韵，全诗22至24句。每句四、五、六、七、八、十字不等，全诗从120字到将近200字左右。用现代韵，有的用平声韵，有的用仄声韵，也有看似仄声韵，实际上是入声韵，既可以用普通话来朗读，也可以用方言来吟诵，用作者家乡的方言来吟诵时，更显得分外亲切，别有一番韵味。基本上是一韵到底，阴平和阳平通用，上声和去声通用，入声独用。就句式来讲，有全诗都是七、七、十（《共产党颂》），有上下段都是四、六、六，四、四、六，五、五、五。有上段四、四、六，四、四、六，四、四、六，六、六、七；下段六、六、七，四、四、七，四、四、六，四、四、七（《傲骨颂》）。有上段四、四、三五，四、四、三四，五、四、三五，五、四、三四。下段五、四、三四，四、四、三四，五、四、三五，四、四、三四（《永世情》）。

从中可以看出有各种句式，有的全诗一致，有的上、下段一致，有的上、下段不一致。总体上来讲，上、下段句数相等，字数也相差不多，每句字数的多少，节奏的快慢按这首诗的内容和表情达意的需要安排，其中五字、十字的，有的实际上是一四、三七的句读。邻近的两句字数相等的多用对仗。

从中我们还发现一个趋势，在近年来的新作中每节的句数更趋于一致，均为三句，三句中前两句的字数相等，句子较短，后一句为单句，字数较多。现以新出版的《使命与辉煌》一书所收入的九首顾浩八韵诗为例，其中就有五首句式趋向全诗一致或大部分一致，请看：

《共产党颂》全诗都是七、七、十。《天堂在人间》上下段都是四、六、六，四、六、六，四、六、六，五、五、五。《砥砺奋进》上下段都是四、四、三六，四、四、三七，四、四、三六，四、四、三七，《汉字情》全诗每节都是四、四、七；《而今迈步从头越》全诗都是四、四、三四；《国之重器》全诗都是四、四、七。

这五首中有四首各节句子节奏大致全相同，另一首前三节句子节奏相同，末节句子节奏有变化。

通过以上的考察可见，顾浩创造的八韵诗，是在词调长短句的基础上，每节前两句或后两句又采用诗的齐言的形式，重新组合而构成的一种崭新的样式。它既有长短句灵动活泼，又有诗句的端庄整齐，把诗句的均齐平衡之美与词的参差交错之美结合起来，成为一种包含两者之美，而又令人耳目一新的新体诗歌。在篇幅上，相当于词的长调或慢调，因为它分上下段，所以，也可以说它的篇幅相当于两首律诗或古风合成的组诗。因为现代生活的丰富和现代口语多双音词和多音词，因而文字必然加长，古代两首七律或者一首慢词只有一百多字,但要用现代汉语表达起来,字数必然也要相应增多。

这就引出了顾浩创造的八韵体新诗体的合理性。

从反映现代生活和现代人的思想感情来说,我认为这样的规模和篇幅是需要的和适当的。它便于适应时代和人民的要求,记录比较重大的历史事件,描写壮丽的自然景色,也便于抒发气势豪迈的家国情怀,乃至缠绵悱恻的儿女情长,爱恨情仇的复杂感情。从作者所创作的一些八韵诗来看,就包含了各种各样的题材、主题、思想情感、生活场景,因而我认为顾浩同志在创造新诗体时,首先选择了这样具有相当的篇幅、吸取了传统诗词优点的形式,显示出了独特的诗家眼光,也融入了他长期从事诗词创作实践的切身体验,这样才会使他创造的第一个新诗体,定位在八韵诗的形式。

从另一个角度来讲,顾浩八韵诗多用四、六、五、七言,也符合我国诗歌发展的规律。

我国诗歌发展,从句字上来讲,由四言发展到五言,是一个飞跃,增加了诗歌的表现力,再至七言,又是一个飞跃,更增强了诗歌的表现力,但此后,八言、九言都应用不广泛,因为到七言,已经基本上可以适应反映现实生活和思想情感的需要。从生理上来说,人说话时需要停顿、呼吸,从心理上来说,人脑的瞬间记忆的字数也是有一定限制的。顾浩八韵诗多以四字、五字、六字、七字组成,八言以上又可以再分为三五、三七等句读,符合人的生理、心理要求。我国古典诗词和民歌,大多为五言、七言,是有科学道理的。同时,这也符合中华民族的语言习惯和审美要求。

从篇幅来讲，词从小令、中调发展到长调，是历史的必然。大家都知道词的发展历史，从词产生以来到唐五代基本上是小令的天下，到宋代长调、慢词才渐渐发展起来。北宋词有两大变，一变是柳永创作了大量的慢词。二变是苏轼以诗为词，在词中引入了诗的传统题材，拓宽了词创作的范围，又开创了豪放派的风格。因而长调与小令，各占了词的半壁江山。这是历史发展的必然结果。因为时代发展了，人们的生活向前发展了，要表现丰富的社会生活和抒写人们复杂的思想情感，就必须有足够的篇幅和容量。同时诗词要有强大的艺术表现力，诗人积累丰富的艺术经验，创造了各种各样的艺术技巧，只有给了他广阔的舞台，才能发挥得淋漓尽致。历代的名篇佳作，既有短篇，也有鸿篇巨制。顾浩八韵诗形式的构想和设计，给了诗人施展才华的广阔的空间和余地。例如，每三句一节，前两句整齐，就可用对杖，后一句是单句，就可以在前两句的基础上，引出新的内容。前两句运用对仗，又可以有各种各样，有工对，有宽对，有半对半不对，有当句对，有隔句对，还可以跨节、上下段遥相呼应。而每节第三句的单句，或抒情，或议论，或概括，或升华，或豪气冲天，或妩媚柔情，精彩纷呈，摇曳多姿。再如，八韵诗中，也不全是每节三句，二短一长的。有的前面三节是四、四、六，最后是五、五、五。前面几句从容不迫，而在收束全段或全篇时，像排炮一样轰鸣，写出另一番精彩的句子来，还有的在上下段末节是两句的，与前面每一节三句不同，又与末节三句排句的形式也不同，又可以做出一番带有高屋建瓴、总揽全篇、雄视万古的文章来。

再次，顾浩八韵诗还完全可以运用我国传统诗词起承转合的结构和章法的规律，以及赋比兴、修辞手法等各种艺术经验和技巧。

以顾浩同志创作的《天堂在人间·游览华西村》为例，全诗八韵，分上下两段，每段四节，每节各三句，前三节分别是四、六、六字，后一节分别为五、五、五字，全诗共126字。

一到华西，
三魂七魄羽化，
五脏六腑飞霞。
攀上高塔，
龙湖瑶溪圣水，
虹桥回廊仙槎。
驾鹰翱翔，
彩楼宝殿堆绣，
凯歌曼舞喧哗。
游万米长城，
风雨雪眼际，
日月星天涯。

登门入室，

祖孙四代同堂，
男女八口共茶。
追梦寻根，
富裕艰难相伴，
欢乐忧患交加。
笑指碧空，
金阙琼宫哪里，
玉帝姮娥谁呀？
怎及得世间，
福喜寿村落，
精气神人家！

全诗是一个大起承转合，上下段各为一个小起承转合。上段写游览华西村的外景，下段深入华西村村民的居室。全诗第一节为起，写作者一到华西村的激动心情。接着登塔，进入宝殿，游览“长城”。下段登门入室，追梦寻根，又回到室外，眺望遥想，最后抒发作者认为华西村不愧为“精气神人家”的无限感慨作结。脉络清楚，层层递进，继承了中华民族的诗歌传统，又符合中国人民的审美心理。这样的新体诗，波澜起伏，错落有致，语言优美，音律谐和，形象鲜明，感情充沛，有意境，有哲理，极具艺术的完整性和强大的感染力。

再次，说到顾浩八韵诗的可行性。可以从几个方面来考察：第一，它是否符合或达到了中国特色新诗体的标准和要求。第二，它是否构成了一个比较固定的、相对完美的为大家所公认、诗人们所接受的艺术形式。第三，是否进行了大量的创作实践，所写的作品经过群众的检验，取得了良好的艺术效果。

第一点，对于有中国特色的新诗体的标准，经过大家的多次讨论，基本上取得了一致的看法，就是精炼、大体整齐，押相近的韵。继承中国古典诗歌、民歌和“五四”以来新文化运动的优良传统，吸收外国诗歌的经验，从这四个方面创造出一种具有中国气派、中国风格，为广大群众所喜闻乐见的现代化、民族化、大众化的新体诗歌，这是毛泽东同志创造新诗体的基本思想，也是近年来我国诗歌界所取得的共识。虽然说法不一，但其实质性的内涵，大家的认识是基本一致的。同时大家还有一点共同的看法，就是认为这种新诗体，应当是多样化、丰富多彩的。我认为顾浩八韵诗正是本着这样的精神，以这样的标准来创建和构想的。

第二点，是否有了一个明确的、相对固定的，同时又有包容性、作者可以充分施展才华、可操作的形式。从近年来的多次讨论和今天会上许多诗人学者专家的发言，都是充分肯定的。

第三点，可行不可行，不仅是理论上的论证，而且更重要的，要依靠创作的实践来加以证明。凡是证明了这种形式，能够适应时代的要求和群众的需要，能够反映现实生活，抒发现代人的情感，取得良好的社会效果和艺术效果，得到人民群众的承认，就是好的。反之，就是不成功的。顾浩同志的八韵诗从《尧天旋律》以来创作了180多首。许多研究者发表的评论表明，他创作的这些八韵诗是受到大家一致的肯定和赞扬的。陈少松教授概括了它具有五美：一、参差对称的格式美，二、和谐铿锵的韵律美，三、诗味浓郁的意境美，四、精炼生动的语言美，五、雄放瑰丽的风格美。这代表了大家的看法。

最后，提一点建议和希望。顾浩同志八韵诗为我们开了一个好头。但是从篇幅上来说，它应当是一种比较长篇的。由此受到启发，我们还可以创造出短篇和中篇的，六韵、四韵，八句、十句、十六句、二十句的，等等。这样，作者可以根据不同的题材、主题、抒情达意的需要，选择运用，可以写出风格多样、绚丽多姿的诗篇来。同时，也希望创造新诗体工作引起宣传、文化领导部门的重视、社会的关注，诗人、学者、专家积极参与，掀起一股创建中国特色的新诗体的热潮。在我国历史上，从齐梁时代提出四声八病说到盛唐近体诗定型和完备，经过了几百年的时间，我们也要有信心、有决心，经过几代人坚韧不拔、艰苦卓绝的努力，创造出无愧于我们伟大时代和人民的当代新诗体来！

（季世昌，江苏省诗词协会副会长）

诗家·诗友·诗探索

——八韵诗与当代新诗建设之断想

冯亦同

回望中国新诗走过的百年旅程，我常常会想起朱自清先生在总结现代文学史上第一个“新诗十年”时，对“五四之后，刚在开始一个解放的时代”所涌现出的各类文艺思潮、纷纭复杂的诗歌流派与创作现象所作出的既简明扼要又鞭辟入里的结论：“若要强立名目，这十年来的诗坛就不妨分为三派：自由诗派、格律诗派、象征诗派。”（引自 1935 年 8 月 11 日朱自清为其所编《中国新文学大系·诗集》而写的《导言》）众所周知，郭沫若、徐志摩、闻一多、戴望舒、李金发等新诗史上的代表人物，无一例外在这三派中各占其位。有趣的是，83 年前就为朱自清这位才 38 岁的新诗人、诗评家、清华大学教授兼中文系主任所认定了的“新诗坛‘三分天下’”论，在大半个世纪的斗转星移与潮起潮落之后，我们仍然可以用它来衡量与指认 21 世纪今日中国的“新诗坛”。

正是基于这一历史的也是现实的考量，我对自本世纪初年以来，我国诗歌界前辈诗人和有识之士所提出的“建设有中国特色的新诗体”始终抱有积极的态度和热切的期待。从1997年11月参加在张家港举办的全国诗歌座谈会，到2011年5月出席在南通召开以“创建有中国特色新诗体”为主题的诗歌理论研讨会，2013年江苏省作家协会成立“创建中国特色新诗体课题组”并创办《诗家》内刊，我个人在诗歌创作和理论探求中也从未停止过学习与思考。因此，当我看到顾浩同志在倡导传统诗词与当代新诗相结合的身体力行中作了许多有益的尝试与探索：从“仿词体”“新古体诗”到“八韵体”新诗，为表现新的时代、新的境界，也为了作品抒情、传神和贯气的需要，形式问题上坚持“古为今用”与灵活变通，既恪守一定的体式和规范，又在某些方面（如加减字、平仄声、古今韵）追求一种“破格”和“求新”的审美效果。作为新诗界中人和传统诗词的学习者，我既欣赏和认可顾词的不同凡响与“开明”之处，也为他的八韵诗兼收并蓄和推陈出新而点赞。早在他的第一部词集《金陵春草》问世后，我曾以《绿意·豪情·赤子心》为题撰写评论，认为此集“犹如一束绽放在九十年代的报春花，从南京人民齐心协力‘再塑金陵’的艰苦奋斗中汲取了沁人绿意和绚丽光彩，更以饱满的热忱和遒劲的笔触，抒发了作者同这片热土和这座名城休戚与共、肝胆相照的激越情怀”。2009年10月《江风海韵——顾浩词作名家演唱集》的推出，是一次将传统诗词和传统戏曲相结合、文学作品和表演艺术相结合、文本阅读和音像欣赏相结合的“多媒体”展示；

也是一部时代气息浓郁、江苏特色鲜明、艺苑名家荟萃、思想和艺术性俱佳的“集体创作”，同样受到群众欢迎和业界好评。它所铭记的在传统与创新、豪放与婉约、典雅与时尚、个性与共性、坚守与求变等诸多方面的认真思考和实践经验，也给诗歌作者和文艺界同行带来了一份生动的启示。

“八韵体”新诗是诗人顾浩古稀之年“变法求新”的产物，也是他自幼爱好诗书、勤学苦练与坚持不懈的探索成果。作为年龄相近的诗界同行，我特别看重“浩公八韵诗”(何永康教授语)中那些涌动人生感悟与赤子之情的篇什，如《行路难·忆儿时退学复学事》：“千行热泪，一腔深情，回忆陈年往事。由石小毕业，到通中读书，童心腾起凌云志。然村路坎坷，茅屋凄凉，六载五位亲人死。家庭有难，父母无奈，学海帆落桨也止。　　但乡邻闻讯皆惊诧，好言苦劝，忿语激刺。引满院啼哭，几番商量，誓勒腰带为儿子。今跪倒七尺之躯，拜问九泉高堂，再报大恩何以至？我既尽忠，我又行孝，我就只认两个字!”简洁的诗语、鲜明的画面，伴随“行路难”的咏叹，让一个清贫子弟的家国意识和忠孝大义跃然纸上，给读者以强烈的震撼。《诗心·记南通诗会》《汉字情·翻阅中华大字典感赋》《国之重器·贺神威太湖之光超级计算机荣获世界冠军》等诗章所流露的人文情怀与炎黄大爱，同样引起我深深的共鸣。

我以“诗家”“诗友”和“诗探索”三个关键词，来表达我对顾浩同志所独创的八韵诗的阅读心得和初步体会，还因为当前江苏省内外无论是新诗界还是传统诗词界都有一批热心和关注、参与和推动诗体改革、新诗体建设的志同道合者。江苏省诗词协会所编《使命与辉煌——“顾浩诗体改革的贡献”座谈会资料》收录了四十位诗歌、学术和文化界同仁的诗作与诗论，其中不乏切中时弊、高瞻远瞩的观察与见解，也多有声情并茂、新意迭出的唱和之作。“文章千古事，得失寸心知”，在“百年新诗”的新起点和新里程上，“江湖河海”汇聚之地的江苏，一批“老中青”探求者经过短短五年的切磋与尝试后，能交出这样一份被《中国艺术报》称之为“金陵八韵放异彩，诗苑万顷绽新葩”的探索成绩单，是令人欣慰，可喜可贺的。

最后，我想摘引拙著《红叶诗话》中的一段文字(《变化与均衡:美的能量守恒》)来结束本篇，以此就教于前辈、方家和广大读者，也与诗界同行们共勉：

“新诗的诞生是思想解放和文学革命的结果，因此它最天然、最本质的特点就是新，即在不断变化、创造和突破的过程中，求得新的均衡、新的和谐、新的节律。只承认均衡、不求变化的不是新诗；反之，只承认变化、否定均衡的，也不是新诗。前一种往往会走向僵化、走向死的教条；后一种则会疯长成一堆什么也不是的‘文字的肉瘤’——这就是新诗在艺术上破与立的辩证规律，我想称它为‘美的能量守恒’，它永远包涵着创造性思维和形式制约这两个‘基本点’。自有新诗以来，还没有一个真正优秀的诗人能够逾越它，永远也不会有的。”

（冯亦同，江苏省诗词协会顾问，南京市文联原秘书长，新诗体课题组成员）

高度巧合 有意为之

——试谈顾浩八韵诗与毛泽东对创建新体诗歌构想之关系

蒋继辉

在为什么要构建“新体诗歌”、如何构建“新体诗歌”、创建什么样的“新体诗歌”方面,毛泽东同志有过多次谈话、多次论述。其中最有影响的有三处:一是 1957 年 1 月 14 日,在与臧克家、袁水拍谈话时,他指出:“新诗的发展要顺应时代的要求,一方面要继承传统诗歌的传统,包括古典诗歌和五四以来的革命诗歌的传统;另一方面要重视民歌。诗歌的形式,应该是比较精炼,句子大抵整齐,押大致相同的韵,也就是说具有形式是民族的形式,内容应该是现实主义与浪漫主义的对立统一。”二是 1958 年 3 月 22 日,他在《中国诗的出路》的讲话中说:“我看中国诗歌的出路恐怕是两条:第一条是民歌,第二条是古典,这两方面都提倡学习,结果产生一个新诗。现在的新诗不成形,不引人注意,谁去读那个新诗。将来我看是古典同民歌这两个东西结婚,产生第三个东西。”三是 1965 年 7 月 21 日，在给陈毅同志谈诗的一封信中强调指出：“用白话写诗，几十年来迄无成功，民歌中倒是有些好的。将来趋势，很可能从民歌中吸取养料和形式，发展成为一套吸引广大读者的新体诗歌。”

毛泽东的这些讲话，有对“新体诗歌”产生的原因分析，也有对“新体诗歌”形式的构想，还有对如何实现“新体诗歌”方法途径的探讨。今天这个研讨会，宗旨是研究“新诗体”，我就把其中关于“新诗体”的雏形、形式采取截屏的方法，总结归纳为几条：一是句子大致整齐；二是押大致相同的韵；三是从古典诗词、新诗词、民歌中吸取营养。

毛泽东对中华诗词发展创新有一套完整的构想。顾浩《尧天旋律》用行动和实践，印证了毛泽东“新体诗歌”的可行性、正确性。这是个理论和实践的问题。但二者的相继出现时隔近半个多世纪。他们的高度一致是巧合呢，还是有意为之呢？这篇文章力求从诗的形式上进行细致的探讨。

回过头来再梳理分析、对照比较顾浩同志的《尧天旋律》百首八韵诗的体裁、句式、韵法，看看与毛泽东论述的“新体诗歌”二者之间具体有哪些相通之处，有哪些内在联系，有哪些可以总结的。

一、从体裁上看，“句子大致整齐”

依笔者理解，这句话含有几个内容，既包括每首诗总句数、总字数的大体一致，也包括句子的长短大体一致，还包括小节段落大体一致。对照一下这几个方面，顾浩同志的八韵诗是怎么做到的。

全诗的总字数是相对固定的。有人统计过，百首八韵诗中平均每首 120 字左右，其中正好 120 字的有 13 首，总体平均每首 119.5 字。从此可看出八韵诗每篇的字数是基本相同的，只有极个别少数除外。

句子的长短是相对固定的。《尧天旋律》中句子的字数，有三字、四字、五字、六字、七字，以至九字的都有。其中四字的句子占 75%之多，而三字，八、九字的不到百分之一二。从《尧天旋律》百首中，随便翻开一篇都是如此，四字的句子为主，其他的为辅，这足以说明八韵诗的每句的字数大体是一样的，当然，这也不像律绝句数、字数一样，整齐划一，却首首都掺杂着其他句式，长短搭配显得错落有致。

再说小节、段落大体一致。八韵诗基本是两种句数，一个是 22 句一首，一个是 24 句一首，这说明句数基本相同(有一首除外)。八韵诗还分段(片)，除一首外，九十九首分两段(上下片)，段落整齐一致。段中有节，每节三句，上下段各分四个小节(22 句诗上下段各有一个 2 句为一节的)，99%都是这种分法。

通过对比不难看出，顾浩同志的百首八韵诗，基本无一例外地合乎毛泽东同志关于“句子大体整齐”的要求，而且形成了整体分上下两段，段中分四小节，节中分句，每节基本由三句组成，看起来排列齐整，读起来节奏一致，听起来回环连贯。我想，这也正符合毛泽东创立新诗体的构想吧！

二、从用韵方面看，"押大致相同的韵"

我理解毛泽东同志的想法，押韵不要像古典诗词要求那样押得过严、过窄、过死，以至于出现像"十三元"韵中，读起来不舒不畅，音调不一致的状况；也不要像"五四"以来的新诗中，不讲押韵，乱押韵的，与"诗应有韵"的传统要求不相符合的做法。顾先生的八韵诗在用韵中，对新旧诗词这两方面的问题加以改进，而且形成了自己的模式。

八韵诗是有韵之诗。从八韵诗的称呼就说明它是有韵的诗体，而且名副其实，定为"八韵"。从诗中的分布来看，是上下段各有四韵，共八韵。是按节分韵的，不论是三句一节还是两句一节，都一节一韵。这种用韵方法，在古典词曲中是经常看到的。

八韵诗押韵宽严有度。从百首"新体诗"中可以看出，首首带韵，节节押韵。并且大多是一首诗内一韵到底的，有的是同部平声一韵到底，有的是仄声一韵到底；有的是同韵部的，平仄交替相押；有的上下片押不同韵部的平仄声。这些诗对"诗应有韵"要求是"严"的，如何押，是放"宽"的，形成有严有宽、宽严适度的独特风格。

八韵诗押韵不疏不密。古典格律诗词有的是一句一韵，有的是四句三韵，也有二句、三句、四句一韵，而新诗中五句一韵、八句一韵的，还有通篇无韵的，这种诗体用韵有的过密，有的过疏，这大大影响了诗的回旋流畅、悠扬悦耳的音乐美，有时引不起读者的共鸣和好感。显然，顾浩同志学习总结了古典诗和新诗的优良传统和不利因素，大量使用三句一韵、两句一韵的韵法，在押韵上不急不密、不松不散，节奏明快，音调铿锵，让人在轻松中享受诗和乐的美感，达到心灵的共振共鸣。

八韵诗押韵弃旧用新。千百年来古典诗词用韵是十分讲究的，有时是不可“越雷池半步”。规定格律诗要押《平水韵》，古典词应押《词林正韵》，古散曲应押《中原音韵》，有的韵书甚至得到皇帝钦定，严加推广。这些大大增加了古典诗词创作的难度，有人戏称作诗为“戴着脚镣跳舞”。顾浩同志深谙其道，对“新体诗歌”的押韵进行了认真地分析、研究和探索，他认为诗歌要随时代走，要反映新时代的现实，抒写新的思想感情，就要用当今人全国各地通用的、易诵易记的普通话的音韵写诗。根据诗的内容表达、抒情需要彻底从过去押韵的束缚中解放出来，用今声今韵书写人们喜闻乐见的“新体诗歌”。为此他进行了艰苦的摸索、不懈的实践，并书写出有自己风格的韵味十足的《尧天旋律》新体诗集。

三、要从古典诗词、新诗、民歌中吸取营养，形成为民族的、大众喜闻乐见的“新体诗歌”

古典诗词是中华诗词文化的优秀基因。“新体诗”的任何创新都应在这一继承基础上进行。由于篇幅的关系，我们这里只研究八韵诗在创造“新体诗歌”过程中如何向古典学习，具体说就是集中探讨其形成“新体诗”的结构、对仗、领字运用方面是如何向古典诗词汲取营养的。

先说八韵诗的结构。三句成节是主流，24 句的诗，上下片全是三句一节的，总共八节，占全诗的 100%。22 句的诗上下片除各有一节由两句组成的外，余下三节也全由三句组成，占全诗的 75%。如综合《尧天旋律》百首平均计算三句一节的句式达到 733 节，占全书的 90%以上，二句一节的只有 71 节，只占全书的不到 10%。

古典词中，这种三句一节的比比皆是，从我们耳熟能详的诗词名篇中，就能找到例证，如小令中的《渔歌子》“青箬笠，绿蓑衣，斜风细雨不须归”（唐・张志和）。中调中的《醉花阴》“莫道不销魂，帘卷西风，人比黄花瘦”（南宋・李清照）。再看长调《水调歌头》“我欲乘风归去，又恐琼楼玉宇，高处不胜寒”“转朱阁，低绮户，照无眠”“人有悲欢离合，月有阴晴圆缺，此事古难全”（宋・苏轼）一阕中就有三处用这种三句一节的情况。更有甚者，苏轼的《永遇乐・彭城夜宿燕子楼》全词 24

句,8个小节,八个韵,都是三句一节组成。与这种结构完全相同的“八韵体”,在《尧天旋律》中就达65首之多。不妨让我们随便拿一首八韵诗与《永遇乐》作个比较:

顾浩的《雷锋颂》

为深入开展学雷锋活动而作

英雄战士,
光辉榜样,
一立神州五十年!
胸拥红日,
怀抱山河,
满腔赤诚感九天。
有困即扶,
无险不赴,
动地好事累三千。
岗位屡变,
志气弥增,
到处心写爱民篇!

更直面挑战,
奋力进取,
双目炯然对珠巅。
风雨路上,

艰苦境里，
奉献担重总在肩。
一座丰碑，
万世楷模，
中华儿女傲坤乾。
时空渺绵，
岁月瞬息，
深学雷锋我当先！

苏轼的《永遇乐》

彭城夜宿燕子楼，梦盼盼，因作此词。

明月如霜，
好风如水，
清景无限。
曲港跳鱼，
圆荷泻露，
寂寞无人见。
紞如三鼓，
铿然一叶，
黯黯梦云惊断。
夜茫茫，
重寻无处，
觉来小园行遍。

天涯倦客，
山中归路，
望断故园心眼。
燕子楼空，
佳人何在，
空锁楼中燕。
古今如梦，
何曾梦觉，
但有旧欢新怨。
异时对，
黄楼夜景，
为余浩叹。

从两首诗对照中不难看出，虽然八韵诗没有重复“永遇乐”的词牌，也没有和“永遇乐”相同的字数。但“永遇乐”一阕的影子却在《雷锋颂》中时隐时现，清晰可见。以此推想顾浩同志对古典诗词是特别喜欢的，尤其对《永遇乐》这一长调是烂熟于心的，所以在自己选用诗律结构时，深受其感染和影响，自觉不自觉地就选用了这一词的结构形式，不然不会在100首诗中，就有65％是这种形式。

再说对仗方面，八韵诗是十分讲究的。在22句的诗中，一般都有6个对仗联，在24句的诗中一般有8个对仗联，几乎首首如此。其中不乏工对、宽对。只有很少一部分是平仄不论、细处不严、大体相对的。正因为对仗在《尧天旋律》一书中，贯穿始终，大量使用，所以这里也无须举例说明。作者有意在八韵诗中把对仗的技法用得如此普遍、如此娴熟，自然能看出作者对这一古典技法情有独钟、研究深透，所以借鉴起来得心应手。

在领字运用上，八韵诗也有了古典词曲的这一特色。领字在古词散曲中是到处可见的。领字是词曲的特有技法，它在古典词曲中既有承上领下的作用，又能使词中不同句式更为灵活流畅、富有生气。领字多用虚字，也多在长调词中运用，如《沁园春》《木兰花慢》《暗香》等几十种词牌中都有领字。八韵诗的作者深谙其法，也充分认识领字的特点和作用，在自己的作品中也时常使用。如《母校颂》下片起句的“忆”字和收句的“纵”字，《登高凝望》中下片的“要”字，《佛国焕彩》上片的“看”字，下片的“更”字，都是作领字运用的。初步统计，《尧天旋律》百首中，有30％的作品中有领字，有一首中多次用领字，如《何必见事动干戈》一首中共用了“望”“更”“而”“然”“赞”“纵”六个领字。这些都为诗作起到了上下贯通、活泼生色的效果。八韵诗中还有不少处，运用了二字领、三字领，这里就不一一列举。

今天笔者这篇文章，没有从理论角度、哲学角度、艺术角度来谈论学习八韵诗的体会，只是从八韵诗的体裁形式上来分析、比较、探讨，看与毛泽东同志对“新体诗歌”的设想之间是否有内在关联。通过大量的例证、分析、对比，我们不难看出,“八韵体”和毛泽东论述的“新体诗歌”的几点要素十分合拍、高度契合,这是显而易见的。如果毛主席他老人家能看到这百首八韵诗,相信他一定会由衷高兴。因为八韵诗的艺术形式正符合毛泽东自己所期望的“新体诗歌”的吧。但八韵诗的作者是否有意识地按照毛泽东的这几点去摸索、去实践,是有意而为之呢,还是实属巧合呢,本人不得而知。

一种新诗体的建构,固然是十分重要的,没有“开路先锋”,何来后续部队。但这一新诗体的形成,被少数人认可,或被只在部分诗词论坛的专业人员认可,是远远不够的;更重要的是要广大群众的认可、接受和喜欢,是要有相当一部分诗词作者参与进来,自觉运用八韵诗去实践、去创作;特别重要的是在八韵诗的众多作品中,再涌现出一些能叫得响、可传世的精品力作,那时,八韵诗才能真正在中国诗坛立起来、传下去,成为一代新诗体,或许成为中华诗词的又一高峰。

不管说对说错,是否牵强,只作为对八韵诗的一次初步浅显的探讨!不妥之处,请八韵诗的创始人和各位莅会专家批评指教。

(蒋继辉,网名半坡闲客,徐州市诗词协会副会长,《徐州诗词》常务副主编)

“顾体新诗”的现实意义

张国擎

顾浩书记是我们省文化界德高望重的老领导。他除了当领导,还酷爱诗词,更是一位诗龄相当长的老诗人。他的诗词被大家称为“顾体新诗”!今天,我作为一位写小说搞文学的诗歌外行,参加这样的讨论会,真有点诚惶诚恐,但文学艺术是相通的。那么,我就从诗的门外汉角度,谈谈我对先生诗的感受。

一、先生深通生活,通透诗词

读先生的诗词,我总体感觉就是很轻松。这个轻松,是因为先生的诗词大多来自他对生活的观察与感慨。比如:《文峰·读红楼梦》。先生一开始就告诉我们:“日光灯下,道林纸上,呈现那时千万事。”又白,又韵,又上口。境地明朗:他在日光灯下,下面是什么?道林纸上,纸上是什么?红楼梦作者写的那个时代呈现的万千故事。今日的日光灯下，象征历史的道林纸上，多富有寓意，多深入浅出啊！谁能不懂？再读《行路难》："千行热泪，一腔深情，回忆陈年往事。由石小毕业，到通中读书，童心腾起凌云志。然村路坎坷，茅屋凄凉，六载五位亲人死。家庭有难，父母无奈，学海帆落桨也止……"一部长篇小说，一部砖头厚的回忆录，就这么几行诗句概括了，节省了多少纸张，保护了多少树木。读者也方便，更是切贴生活、真实的叙述！这样的诗当然是当代最受欢迎的啦！

先生以他精纯的文学造诣，看似随意恰是反复推敲三更夜五更时而琢磨出来的一句半截精当的句子。让我们感觉白白如开水一样的话，恰"呈现那时千万事"！看来平静恬淡的话语，正是"千行热泪，一腔深情，回忆陈年往事"。俗话说，画到淡处情更深，文至清时品自高。汪曾祺的小说，看似淡如水，细嚼令你回味无穷，我敢说至今还没人真正读透汪老小说里的真正寓意。用这个观点来看先生的诗词，这日光灯下，与道林纸是什么关系，你读出了什么？这千行热泪，与一腔深情，个中原委如何细究？小说家可以把住这几个字铺陈一部长篇，诗人恰以其最精湛的技艺告诉你，八个字，道出"千行热泪，一腔深情"，"日光灯下，道林纸上"说那历史旧话。

深通生活的人是很多的，然而将生活上升到艺术的人也很多，但是，将生活上升到看似静水、貌似无景的真正阳春白雪式艺术的人，在我们今天并不多。这就需要对生活深通式研究，光研究是不够的，需要体悟，古人说："十方诸菩萨，读诵于经法。入禅出禅者,总在一二三。”对生活悟出道理,上升到艺术,发出精湛而独有感叹的人,汪曾祺是一位,先生位列其中。

二、先生食古而化,时代精神

人类文明的标志性代表就是文化符号。这些文化符号中最为领先的是诗歌,所以我们说,劳动号子是人类最早的诗歌,对于这些诗歌,形成了一种韵律,有韵可以按大家劳动节奏来定理,有律就可以制定规矩。法律,为什么叫法律,那是用法的形式定下的律,但律最初就是诗歌的起源。

先生深通此律,先生更明其韵。

我欣赏先生的诗词,就在于他的平白而义深,字面的平白,正道出先生诗词功力的非凡。先生的诗词里,不时闪现古代诗词精华,先生不是套用,更不是照搬。比如:仙乡琼阁这个成语,古人用得很多,最著名的要数白居易老先生的《长恨歌》,毛泽东在《念奴娇·鸟儿问答》词中说:“借问君去何方?雀儿答道:‘有仙山琼阁。’”白老先生说:“忽闻海上有仙山,山在虚无缥缈间。楼阁玲珑五云起,其中绰约多仙子。”毛泽东在问,你上哪里去,雀儿说,我去仙山琼阁。一闻一寻,道出诗人对仙山琼阁的神秘与向往。而先生对仙山琼阁怎么用的呢?他笑笑,你们去海上,去问雀儿干什么?在我生活的时代,仙山琼阁已经飞霞烟啦!就是说,诗人生活的时代,处处是仙山琼阁,那早就是人间烟火相闻处!

再找个先生诗词里常用的“苍穹”。此词,《梁书·邵陵王纶传》说:“唯应剖心尝胆,泣血枕戈,感誓苍穹,凭灵宗祀,书谋夕计,共思匡复。”这里用“感誓苍穹”。李白诗里说“苍穹”,用的是“大运且如此,苍穹宁匪仁”,那意思是说:国家的大运尚且如此,何况我们这些在茫茫苍穹间渺小的世人呢?(见唐·李白《门有车马客行》)元·尚仲贤《柳毅传书》第二折有“泾河龙逃归碧落,钱塘龙赶上苍穹”。清·黄遵宪《八月十五夜太平洋舟中望月作歌》有“搔首我欲问苍穹”句。清代陈天华有“望皇祖告诉苍穹,为汉种速降下英雄”。古人对苍穹除了无奈,还有问!更有请求!而先生食古易化,化作了自己的思想。先生说“放眼苍穹”,苍穹太高远,我们宜放眼。看,诗人的眼光多么深邃,胸怀如此宽广!

这样的句子,在先生的诗词里比比皆是。

三、先生亲近文人,吐哺握发

在先生身边工作过的同志们都发现,先生对文化人特别尊重,特别热情。记得有一年,一位在基层工作的民警,写了一部长篇小说草稿寄给先生,告诉先生他这部书稿写了很多年,草稿就有一麻袋。先生让大家看看,提提意见,看能不能出版。在大家的关心努力下,作者自己认真地修改,最终在江苏文艺出版社出版了。作者很感激,说,如果没有顾书记亲自过问、关心，他的文学梦是做不成的。

这样的事很多。

在这里，我提这件事，旨在告诉大家先生这样做的目的，正是普及我们的文艺大众化。诗词，特别是古诗词在清代进入了考据与“周诰殷盘，佶屈聱牙”的境地。新诗从郭沫若发轫始，百年过去了，给我们有什么新的启迪呢？当然，其中的确出了不少好作品与作家，但总体与我们这个时代还是不匹配的。而先生的诗词古为今用，绽放出无限光彩。受先生的影响，余也鹦鹉学舌、滥竽充数，创作了两阙散文赋，我写散文赋，是因为《古文观止》里收的许多都是散文赋。散文赋既保持了赋的特点，又有散文能够让人看明白的作用。这两阙赋是《金陵赋》与《南浔赋》。《金陵赋》2017 年 4 月 8 日在南京图书馆，在由我省炎黄文化研究会举办的《去尘荐微》新书发布暨国擎书法义展上公开亮相，国内外众多媒体作了报道。今年省政协纪念改革开放 40 周年书画展上，我的《金陵赋》再次亮相省城，江苏网作了专题采访报道。《南浔赋》在我的家乡很有影响，是政府机关接待大厅布展的重要饰物。

在这里这样提的目的是要告诉大家，先生的努力是正确的，是惠及大众的一项新的善举。在此，我衷心祝愿先生长寿，祝大家身心愉快，会议圆满成功！

（张国擎，江苏省文联一级作家）

八韵诗根正苗壮

陈永昌

我们都知道，诗从它诞生的那天起，就和音乐紧紧结合在一起的，所以通常都将诗称作“诗歌”，也就是说诗是可唱的。学术界公认的我国历史上第一首诗《弹歌》全文如下：“断竹 / 续竹 // 飞土 / 逐肉。”八个字，四句，尾字韵母都是“u”，即句句押韵。诗歌在以后的发展过程中，先后出现了唐诗、宋词、元曲三大高峰。尽管它们在形式上都有新的发展、新的变化，但没有一个不讲究句式、节奏和声韵的。这就证明此三者乃是诗的基本元素，也可说是中华诗歌的优良传统。然而如今却被许多新诗人忘了，所谓“新诗”越来越散文化，完全背离了我国的诗歌传统。

顾浩同志首创的“八韵诗”，犹如一株破土而出的新苗，由于土壤肥沃、阳光充足、气候适宜，正生机勃勃地茁壮成长，短短几年间，已在华夏诗坛产生了一定的影响，受到广泛好评。何故耶？方向正确、目标清楚也！其实关于中国诗歌的发展方向，鲁迅、闻一多、何其芳等先贤们早有议论。毛泽东同志在1957年1月和臧克家、袁水拍的一次谈话中更明确指出："新诗的发展要顺应时代的要求，一方面要继承优良的诗歌传统，包括古典诗歌和五四以来革命诗歌的传统；另一方面要重视民歌。诗歌的形式，应该是比较精炼，句子大抵整齐，押大致相同的韵。"可是领袖言之谆谆，诗人听之藐藐。半个多世纪过去了，直到改革开放以后，才有少数头脑清醒、胸怀壮志的诗人，遵照毛主席的指示，努力学习、积极探索、大胆创新。顾浩同志便是其中之一。

请看顾浩的"八韵诗"《文峰·读红楼梦》："日光灯下，/ 道林纸上，/ 呈现那时千万事。/ 字里行间，句内言外，总是泪流不止。/ 荣宁二府，/ 祖孙三代，/ 形迥心异乃如此。/ 我一天四回，/ 五颜六色，/ 尽觉风起浪至！// 掩卷察古，/ 凭窗观今，/ 可比都在其次。/ 神州宝典，/ 文海珠峰，/ 环球为咱竖拇指！/ 正尧空霞耀，/ 舜地花飞，/ 呼唤杰作再问世。/ 看攀登喜山，/ 超越红楼，/ 还待中华骄子！"瞧，简洁明快，朗朗上口，是不是如读词曲小令啊？每三行一韵、四韵一段、两段一首，很有规律；而且节奏感很强，基本上是前两行两顿，第三行三顿；押韵也很讲究，一韵到底，且韵脚平仄一致。更值得注意的是，韵前两行几乎全是对仗(指词性)的。语言精炼，句式整齐，节奏鲜明，用韵讲究，这些都是中华传统诗词的基本特点。由此可见，"八韵诗"是植根于传统诗词这块沃土里的。但它又并不受传统诗词格律的束缚，语言是现代口语，句中不计平仄,押的是中华新韵(普通话)。就连句子的长短,也是根据表达需要自由掌控的。比如前面列举的这首诗中,韵句前两行基本上都是四个字,但第四个韵句前就出现了“我一天四回”的五字句;第二段里更先后出现“正尧空霞耀”“看攀登喜山”两个五字句。这就说明它有规律,但又不受规律局限,是有一定灵活性的。由此可见,“八韵诗”是兼有传统诗词和现代新诗两方面优点的新的诗体,它既不像格律诗词那样规矩严格(甚至是苛刻),又不像现代新诗那样过于自由散漫。总之,“八韵诗”这株诗苑新苗顺应了时代的要求,也顺应了广大人民群众的要求。它根正苗壮、生机盎然,未来可望长成参天大树,叶茂花繁,硕果累累!

(陈永昌,江苏省诗词协会《江海诗词》常务副主编)

八韵体是神州诗苑的响亮乐章

张留忠

中华诗词源远流长。当我们徜徉在先贤古人的千古绝唱、悲欢离合、金戈铁马、梅兰竹菊之中，顿时会感受到一种思想启迪、心灵滋润。从《诗经》四言句、骚体抒情，到汉赋及《古诗十九首》，及社会大动荡的慷慨悲凉“建安骨风”、山水诗人、田园牧歌，及南朝齐永明年间沈约、周颙等人提出声律的“四声八病”说，可以看出，经过上千年发展、铺垫，在陈子昂振臂一呼之后，唐代诗苑繁荣盛世出现了，并形成格律诗三要素：讲究平仄、要求押韵、注重对仗。然而，这也不是一成不变的。一个世纪后，伴随着生产力的发展，市井生活的繁荣，南北方社会习俗、乐器交流，需要用长短句的形式抒怀言志、述情状物，唐诗就被辉煌的宋词所取代。从而拓展了词的意境。“大江东去，浪淘尽，千古风流人物”。这时的宋朝，上至皇帝、下至庶民，流派众多、名家辈出。他们讲究谋篇布局、炼字造句、感情细腻、胸怀旷达。历史又过去了几十年，宋词又被元曲取代。这是因为作家在自己的元曲作品中注入了愤世嫉俗的情感,咏唱故事传奇、闺爱情缘。因说话艺术的职业化、商业的推波助澜,元曲达到鼎盛。五六百年后,面对帝国主义列强的瓜分掠夺和腐朽没落的满清统治,在"驱除鞑虏、恢复中华"的旗帜下,爆发了辛亥革命。在焦灼的痛苦反抗中,向西方学习的潮流冲击,端倒洗澡水,竟把我们的国粹宝贝也给抛弃倾倒掉了。自那时到现在,自由诗已延续发展整整一个世纪,雄霸诗坛百年。但自改革开放以来,传统的格律诗词如雨后春笋,百花齐放,劲头十足。大有喧宾夺主之势。自由诗、格律诗(词)这两大流派都存在问题。自由诗虽雄踞百年,但因没有可遵循固定的推广模式,发展至今,演变为五花八门、轮番登场的现代派、后现代派,朦胧呓语、自我陶醉,有的竟在名利舞台撕扯起来。格律诗(词、曲)虽源自正宗,但恪守不变去穿唐装、系宋裙,婀娜在现代吟唱,押韵、用典、古腔古调,同样是不能展示我们伟大祖国日新月异、繁荣昌盛的时代内容风貌。

古人云"在人为志,发言为诗,缘情而生,有感而发"。面对改革大潮,原江苏省党政军领导在离开原来岗位后,继续高举改革大旗。满怀豪情地走在新时代,创建中国特色新诗体的探索道路上。成果斐然,可钦可赞。如:原南京军区政委方祖岐上将《古风新韵——关于诗词改革创新的探索》堪称理性思考和感情实践相结合的心血之作,体现了将军诗人的责任担当和高度自信。并且诗词交融、新旧贯通,创作了大量的自度词,将哲理、情感熔为一炉,令人耳目一新。江苏省委原副书记顾浩创作的八韵诗，更是当代诗体创新的倡导者、探索者、实践者。他们身体力行，继承弘扬中华诗词传统文化，在尊重传统、尊重科学、尊重规律的基础上，敏锐观照现实变革趋势，发现日新月异的丰硕成果，满怀豪情地讴歌、赞美。从 1995 年顾浩出版第一部词集《金陵春草》，至今已经度过 23 个春秋。省委老领导顾浩殚精竭虑的探索实践，反映了努力创建中国特色新诗体的探索成果。并且已形成自己的风格特色：

1. 语言——精练明丽、雅俗共赏、注重修辞、力避诡异、参差对称、铿锵悦耳。

2. 篇幅——重点突出、主题鲜明、长短不拘、力求达意、节奏鲜明、疾徐有致。典型结构“四四六”或“四四七”为主，但又根据内容需要灵活变化，可“三字句”“五字句”或“四言句”“六言句”。

3. 音韵——对偶工稳、骈四俪六、抑扬顿挫、和谐爽口、一韵到底或韵式多样。具有舞台吟诵功能。

4. 意境——情景交融、语言凝炼、巧化用典、意境味浓、志趣高雅、大气清醇。

“创建中国特色新诗体”是我们贺敬之老先生最早提出来的课题，实践“创建中国特色新诗体”是很有必要的。习近平总书记《在文艺工作座谈会上的讲话》强调“努力筑就中华民族伟大复兴时代的文艺高峰”，吹响了文艺复兴的进军号。2001 年中华诗词学会发表了《二十一世纪初期中华诗词发展纲要》，对诗词创作提出“创造新的诗体，是时代的呼唤和诗歌自身发展的必然规律。唐诗、宋词、元曲……一代有一代之诗，词兴而不废诗，曲兴而不废诗、词”的要求，说得非常明确。“现代社会变化得快、复杂得多，自然需要新诗体加以表现。艺术规律永远追新求变，最忌墨守成规。诗体众多，便于反映丰富多彩的伟大时代，也是诗艺繁盛、百花齐放的一种标志。因此，一切有益探索都应得到鼓励。适应时代发展，满足群众需要，是我们的探索方向。诗歌的发展历史证明，一个新的诗体出现，是长时期众多诗人创作实践的结晶。我们期望的新诗体，也将在新世纪漫长的探索中诞生并走向成熟”。

神州在腾飞，诗人有理想，卓越的才华，丰富的历程，我们期待创建中国特色新诗体的探索道路上，老领导顾浩创作的八韵诗在波澜起伏的诗苑，成为盛世神州旗帜鲜明的响亮乐章。

（张留忠，鼓楼诗社秘书长）

勇于肩负创建中国特色新诗体的历史使命

——略谈顾浩同志关于新诗体的理论贡献与实践建树

陈广德

中国是一个诗歌大国，有三千年古体诗歌和一百年中国新诗的创作历程。但是，时至今日，诗歌陷入了窘境。怀着高度的历史使命感、责任感，诗人顾浩为创造出一种具有中国特色、中国风格、中国气派的，为中国老百姓喜闻乐见的新诗体，而大声疾呼，并殚精竭虑地探索与实践，推动诗坛的振兴和诗歌的繁荣。

一

这种探索，首先体现在理论的贡献上。

从 2009 年开始，顾浩深入思考的一个重大课题是：如何创建中国特色新诗体。2011 年 6 月，由顾浩任主席的江苏省中华文化促进会和中国社会主义文艺学会《诗国》杂志社，在江苏省南通市联合召开了“中国·南通诗会”，此会以“创建中国特色新诗体”为主题，顾浩同志作了主旨发言，讲了五个问题：（一）中国诗歌史也是一部诗体变革史；（二）神州盛世呼唤着诗体创新；（三）中国特色新诗体的创建要靠广大诗人的创作实践；（四）对中国特色新诗体的几点猜想；（五）中国特色新诗体的形成是一个较长的历史过程。来自全国各地的一百余位诗人和专家学者围绕这一课题充分发表意见，展开热烈讨论，形成了一致看法。为了把这一课题持续深入地做下去，由他倡议，江苏省作协成立“创建中国特色新诗体课题组”，得到江苏省作协主席、党组书记范小青的大力支持。这样，该课题组于 2013 年 5 月 23 日宣告成立，并创办了内刊《诗家》。至今出了 10 辑，另一期特辑，发表了大量研究成果，包括有关论文和诗作，散发全国各地，受到热烈欢迎，取得良好成绩。

这些年来，顾浩同志先后发表了《创建有中国特色新诗体》《念载耕耘几点体会》《而今迈步从头越》《关于当前诗体创新的若干断想》《肩负起铸造中国诗歌新辉煌的历史使命》等诗歌论文。他回顾了中国诗歌的创作历程，分析了中国诗坛的现状，论述了创建中国特色新诗体的重要性、迫切性及实现这一目标的途径，更重要的是，提出了中国特色新诗体的基本特征。

1. 精炼的语言。汉语汉字，为诗歌创作提供了无与伦比的优越条件。华人作诗，几千年来，都十分注重凝练。我们用母语写作，一定要严格遵守语法规律、语词特点、语言习惯。可以预料，精炼的语言将成为中国特色新诗体的根本特征。

2. 和谐的韵律。诗是韵文，必须押韵，押全国通用的普通话韵。但这里所说的押韵，可以设想，不必搞得过分严格。可以是一韵到底，也可以换韵；可以是平仄韵分明，也可以是平仄韵混用；还可以邻韵相通，如此等等。总之，根据诗的内容的表达、抒情的需要，灵活地用韵，而不使押韵变成创作中的一大束缚。可以预料，和谐的韵律将成为中国特色新诗体的鲜明特征。

3. 简短的篇幅。欢迎有内容的长篇诗歌，但更提倡写短小精悍的诗，并使之成为诗坛的主体。诗写短了，写好了，读的人多了，诗的氛围变浓了，诗的繁荣，就有了雄厚的群众基础。可以预料，简短的篇幅将是中国特色新诗体的主要特征。

4. 多样的体式。中国特色新诗体落实到创作实践中，如果搞得死死的，就那么一种体式，这是根本行不通的。古人作诗填词，虽规矩甚严，但也没有视作“天条”而不敢触犯。拿词来说，在现存的一千二百多个词牌中，有一半左右为字数不等的多种体式。例如，大家都非常熟悉的《沁园春》这个词牌，就有一百一十二字、一百一十三字等九种体式。而《洞仙歌》这一词牌，竟多达三十七种体式。诗的体式，是根据诗的内容来定的，又是根据诗人的爱好和习惯来定的。新诗体与多体式是辩证统一的，可以预料，多样的体式将是中国特色新诗体的突出特征。

这些论述，给了我们创建中国特色新诗体理论上的支持。

二

顾浩同志是一位勤奋的诗人。他酷爱中国古典诗词，特别是宋词。但他又觉得，今人填词再完全按老规矩已很难办了。他努力创作一种保留古体词大体框架的新古体词。凡是南京有大事、江苏有大事、国家有大事、党有大事、世界有大事，2009 年以前，顾浩都用“新古体词”形式填词抒怀。他先后出版了《金陵春草》《江海涛声》《盛世风情》《神州凯歌》《浩斋琴韵》《胜日乐章》六本新古体词集，共收录了 328 首新古体词，获得广泛好评。

为了实现自己创建中国特色新诗体的美好愿望，他带头垂范，吸收了中国古典诗词和中国新诗的长处，避开两者的短处，创作了八韵诗，人称“金陵八韵”。从 2009 年初开始，已创作了 180 余首脍炙人口的八韵诗，前 100 首已结集出版，书名为《尧天旋律》。这些八韵诗是当今诗苑绽放的一朵又一朵绮丽的花朵，好评如潮，大家纷纷赞扬是创建中国特色新诗体的力作。顾浩同志从“改革时期新古体词的代表诗人”华丽转身为中国特色新诗体的代表诗人。

从内容上说，弘扬主旋律，充满着浩然正气，是这些八韵诗的显著特点之一。作者用诗的语言表达自己所见所思、所闻所解、所忆所感、所历所悟。或高歌盛世、彰扬先进，或游览观光、历今怀古，或怀亲思友、写心抒怀，或激浊扬清、扶正祛邪，都给人鼓舞，催人奋进。与之形成鲜明对比的是，现在许多自由体新诗远离生活，思想贫乏，内容平庸，甚至低级下流。

从诗艺上说，继承和发扬了中华诗词的优秀创作传统，并用自己的创作实践诠释了新诗体的创作理念，是八韵诗的显著特点之二。诗歌，它高度集中地反映社会生活，饱含着作者丰富的思想和情感，富于想象，语言凝练而形象性强，具有节奏韵律。这 180 余首八韵诗，很好地佐证、丰富了顾浩提出的新诗体“语言精练”“韵律和谐”“篇幅简短”等基本特征，充分显示了汉语的魅力，遣词绮丽，音韵和谐，并追求“豪放”与“婉约”的有机融合。正如陈少松先生所评论的，“金陵八韵”有五美：参差对称的格式美、和谐铿锵的韵律美、诗味浓郁的意境美、精炼生动的语言美、雄放瑰丽的风格美。

从诗体上说，有规律可循，这是八韵诗的显著特点之三。这 180 余首诗，一般 120 字左右，但不限于 120 字。每首 22 行，或 24 行。凡全篇 24 行的诗，上下片各 12 行。每三行组成一个诗节，这样上下片各有四个诗节，押四个脚韵。八韵诗的总体框架整齐、稳定，结构固定紧凑。有了规律，就便于掌握，便于效法，便于传诵、背诵。不像一些自由体新诗，乱拆词语，乱凑诗行，把诗散文化，不成诗型，无章法可言。

当然，在探索中国特色新诗体的过程中，并不排斥八韵诗以外的诗体出现，应该有也肯定有多样的体式。

我们相信，在顾浩同志等一大批人的不懈努力下，中国诗歌一定会走向新的辉煌。顾浩同志也一定会创作出更多时代气息浓烈、思想内涵精深、艺术表现精湛的优秀诗作来！

（陈广德，原江苏省南通农业学校副校长，此校现为南通科技职业学院）

从顾浩八韵体到诗体建设的延伸实践

杨恒学

破旧立新,不破不立。

众所周知,目前诗歌界的混乱是不争的事实,鱼龙混杂,泥沙俱下。大街上一棍子打下,其中之一必定是诗人。诗人之多之众,在虚假繁荣的背后以至于人们对诗人的形象越来越淡薄,甚至于一提到诗人就同李白、杜甫、白居易画等号,这是对现代诗人一个莫大的讽刺!作品之多,更是充斥网络,那些一切文字只要分行书写后就可定型为诗歌——几乎“分行”就是诗歌定型的保护伞。鉴于这些伪诗、非诗和伪诗人、非诗人的搅局已经形成了一种流行病,使得一代一代的诗歌幼苗深受其害。在这种病态下——老师没有评判标准,使得高考作文排除诗歌;读者生厌远离诗歌,使得大量的报纸副刊不发诗歌。于是作家韩寒说只要做到不要脸,谁都可以写诗!

那么诗人之不济,诗歌之不堪就无人重视,听之任之吗?非也!

在任何一件事衰到极致时必有新生事物取而代之，诗歌亦然。所以新诗界从“五四”开始就不乏呼吁诗体改革的诗人，比如从新格律诗之父闻一多到徐志摩、戴望舒、郭小川、何其芳、贺敬之、刘章、顾浩、王同书、万龙生、黄淮、余晓曲、谭宁君等等几百号诗人、学者无一不在为诗体改革举旗高呼。以顾浩为首的“苏军”在江苏作协的支持下成立了“创建中国特色新诗体课题组”，并不定期出版了《诗家》诗刊。遥相呼应的“川军”万龙生在重庆办起了“东方诗风”网站和《东方诗风》诗刊，余晓曲于成都在四川诗词协会的旗下创办了“格律体新诗网”和《格律体新诗》诗刊，新诗体在神州诗坛欣欣向荣，一呼百应，正朝着良性的趋势发展。

这是目前诗体改革的大致现状，下面我们深入到诗体改革中来看具体作品：

神州春

写在全国两会胜利闭幕之际

顾　浩

我头顶青天，脚踏绿地，环球之春在何处？
歌东风浩荡，新潮澎湃，满目光景空千古。
正中华盛世，列国佳期，沧海扬帆共竞渡。
纵恶虎霸道，狂绳助纣，五十六族笑相顾。
忆百年磨难，卅载征战，艰危苦恨不知数。
念四秩改革，万众拼搏，九州昂首豪气吐。

今奔赴小康，更施大计，伟人领航圆梦路。
看旗翻珠巅，心昭日月，神龙展翅凌云翥。

这首诗二十四行八句，八个韵脚一韵到底，故称八韵体。如果像上面方式的编排它就形成了整齐体，而且每一句的音步都是对称的，所以形成了格律体新诗的整体外形布局。就句式而言它是吸收了宋词的特长，采用的旧瓶装新酒的方式，这完全合乎毛主席提出新诗的出路在于民歌和旧体诗词之间的结论。

诗人贺敬之提出创建中国特色新体诗，那么具有中国特色新体诗到底是什么样子？窃以为有四点要素：形式、节奏、韵脚、具有民族风格的现代汉语语言。当然这些要素是千变万化的，是随不同的诗人、不同的主题精神变化而变化。像上面诗人顾浩的这首诗完全符合贺敬之提出创建中国特色新体诗的要求，但这只是其中一种，下面我在这个基础上根据主题的需求探索创建出另外几种形式的诗歌。

钟

可以追溯至久远洪荒
可以具体到古铜沧桑

黄色腐烂成绿色锈迹
红色涂抹了黑色离殇

喧嚣的城市已遭虫蛀
清静的寺院难逃涤荡

敢做一个撞钟的和尚
钟口雕刻成经典印章

瓶水穿石

我本属于江河
我本属于湖海
一路欢歌笑语
一路激情澎湃

今日谁将我囚于瓶中
滴穿前进中重重阻碍
是水还不如说是血泪
粉碎只为了重创未来

不及冰雪融化
尽览山川风采
更胜古时宫漏
滴尽寂寞悲哀

我以性格中纤柔情怀

撞击生命里坚硬险隘
是水那定要奔汇河流
誓与伙伴们同步合拍

贝壳是死亡的艺术

选择死后的骨架
给人正确的估价
惊讶于结构纹理色彩
说你是诗人还是画家

海里太多的强盗
逼你对生存动摇
佛音儿总被淫浪掩盖
人间的屈原海子梵高

哑蝉

个个深居绿荫
自称心灵高空的神明
我在地穴冬眠
只觉无音不觉得无影

个个扯破喉咙
千古绝唱争抢着轰鸣

我在地穴禅悟
只当庄周化蝶梦未醒

泥土充塞空腹
沉重痛如断肠中水银
地气浸湿薄羽
笑看云烟短暂的轻盈

这四首诗除第一首是九言八行整齐体外,其他三首全是参差对称体,节与节对称,或者隔节对称,从整体外观上形成一种规律性的美感。每一句内部的音步也是对称的,至于韵脚那是最基本的要素,规范的语言风格在遵循民族习惯的基础上突出一个新字,却又全无当下口语化的随意性。

在中国特色新体诗的四个要素中除了每个诗人的语言风格可以不变,其他的必须要随着内容精神而千变万化,尤其是在形式体现上最为突出。如果一个诗人一生中所有的作品都以一种形式表达,那么就证明没形式。形式是主题的载体,没有形式就像水遍地流(诗人杨牧语),可见形式之于诗是何等的重要!

对于诗体改革来说,诗人顾浩是善于探索并且是勇于探索的,这里提到的是大凡改革势必有一股势力持反对态度,尤其是处于主流地位者,他们是不以为然的。虽然诗人贺敬之提出创建中国特色新体诗,但这一口号无疑是对主流诗歌形成一个无法避免的冲击。

中国特色新体诗相当于格律体新诗是一个宏大而宽泛的概念，格律体新诗在实际写作上相对比较苛刻，但它属于中国特色新体诗之一种；它们的共同点都是为了规范诗歌写作，打造新时代诗歌的崭新形象。

沉舟侧畔千帆过，病树前头万木春。诗歌是中华民族的精神瑰宝，希望所有有志于诗体改革的诗人们勇于探索，坚定信念，做一个有真正担当的诗人！

（杨恒学，江苏省作家协会会员）

试析顾浩八韵诗与“无边的现实主义”

孙拥君

法国共产党党员、著名理论家、文艺批评家加洛蒂，在《论无边的现实主义》专著中，以对毕加索、佩斯和卡夫卡的评论阐述了其“无边的现实主义”理论：一切真正的艺术品都是表现人在世界上存在的一种形式，由此得出两个结论，没有非现实主义的、即不参照在它之外并独立于它的现实的艺术；这种现实主义的定义不能不考虑作为它的起因的人在现实中心的存在。艺术中的现实主义，是人参与人的持续创造的意识即自由的最高形式。纵观顾浩的八韵诗，这一中国特色新诗体创作实践中的代表性诗作，我感觉到他是一个现实主义与浪漫主义结合的诗人，在艺术表现形式方面有浪漫主义的思维，在社会生活选材方面侧重于现实主义。那么，他究竟属于或主要立足哪个主义呢？加洛蒂提出的“无边的现实主义”理论，或许为我们提供了一种研究的方向。

顾浩的诗具有无边现实主义的核心要素：表现人在世界

上的存在。这里的人可以是他人，如劳动者、人民、名人等，也可以是自己，包括自己借助诗歌抒情达意的行为。他的《文峰·读红楼梦》写道：“荣宁二府，祖孙三代，形迥心异乃如此。我一天四回，五颜六色，尽觉风起浪至。”其中不仅写到古典名著中的祖孙三代，而且直接把自己这个我写了进去，当代现实中的我与古代小说中的他人三代及心情作了鲜明的对比。《永世情·念友人恩德》淋漓尽致地描写了回忆故人、思念往事的心绪，真是别有一番滋味在心头。《千秋岁引·瞻仰周恩来故居》始终围绕周恩来故居遗存，作了扩散、放大的艺术处理，再现了人民好总理正气浩然冲霄汉、心系各族百姓家的动人形象，抒发了自己酬遗愿、跨征鞍、勇登攀的豪情壮志。在表现人的存在形式方面，顾浩的不少诗作乍看看不见人影，没有直接描写某个人，但是却比较多地展现了大我，如《迎新春·写在辞丁酉迎戊戌之际》中，出现了华夏巨轮破浪行、炎黄铮铮骨、江山锵锵声、但愿人间共欢笑等句子，这里实际上采用了拟人化的修辞手法，华夏、江山通人民、国民、公民之意蕴，炎黄和人间也是一个生命化的大概念，诗人面对古老的历史、文明的国度，间接地写出了大我，表现了对人民的热爱、对人间的希冀、对人性的探索。诸如此类作品在顾浩的新体诗中屡见不鲜，这与他的人生大格局、文化大情怀密不可分。

顾浩的诗具备无边现实主义的重要基础：参照现实并转化打造为现实主义的基地。无边的现实主义，首先必须要有现实主义，现实主义是主语，无边的是定语，属于量词，起到限制、说明、辐射主语的作用。如果没有现实主义这个根据地的存在，无边的现实主义理论就无立足之地，更无从谈起。阅读顾浩的一些诗作，我做了一个大概的匡算，现实主义的题材及其审美判断几乎占100%的比重。这说明，他首先是一个现实主义的诗人。《天堂在人间 · 游览华西村》直接取材于眼前的中国第一村华西村，基于现实的素材表达了现实的观感。《国之重器 · 贺神威太湖之光超级计算机荣获世界冠军》，对照问未来、更务当前、胸海尽翻高精尖的高科技中国制造，进行了现实化的宣扬和文学化的赞叹。《柳暗花明 · 贺江苏新华发行集团成立十周年》站在现实的舞台上，艺术性地回顾了新华发行集团的成长历程，抒发了放眼前程、再有十年更辉煌的炽烈情感与美好祝愿。在顾浩的诸多诗歌作品中，我们比较容易看到感怀时事之作，小到百姓家事，大到国际时事，尽收眼底，揽入怀抱，成为诗歌的基本原料。对现实主义的认识和理解，我们要作广义的而不是狭义的认知，顾浩诗的现实除了当前的现实，还有过去的、历史的现实，甚至有未来的现实，这使得他的现实不仅是当下的视频，而且形成现实的视野，充满了广度和深度。如《汉字情 · 翻阅中华大字典感赋》，既写了历史传说中的仓颉造字，又写了作者童年习书的场景，这些发生的事情属于过往，甚至属于久远的一个民族的历史记忆，这是过去的现实。《共产党颂 · 为迎接党的十九大而作》则描绘了党史，选取了历史重要时期的一些精彩的片断构成交响乐般的华章。此外，顾浩的诗还有从现实出发，展望未来，描述未来的锦绣蓝图，构成未来的现实。这一切，都为诗人从事现实主义创作，并为无边的现实主义风格的形成打下了良好的基础。

顾浩的诗初现无边的现实主义的至高形式：参与人的持续创造的意识。这是区分现实主义与无边的现实主义的关键所在，也是两者有一定相似度却不是一回事的分水岭。纵观顾浩的诗作，立足现实，却眼观六路、耳听八方，在文笔上跌宕起伏，神采飞扬，不时引入浪漫主义的表现手法，且想象力丰富，用语节奏感比较强，似有包罗万象之气概。他当过市委书记、省委副书记，当过省文联主席，利用业余时间勤奋阅读、深入思考，从反复比较中产生了新的想法，并在实际创作中大胆尝试，成为中国特色新诗体的开创者之一，并热切地领导着这个发生在大江南北的诗歌发展的运动。创新的思维和实践逐步构成创新的精神，这推动了诗歌改革的运动，也为他的诗从现实主义走向无边的现实主义提供了动能。《而今迈步从头越·写在中国新诗诞生一百周年之际》是无边的现实主义风格的代表作之一，诗人借纪念百年新诗之机会，宏观描绘了未来的诗歌世界：共创新体，力破窘境，料未来，花团锦簇，九州争诵，四海点赞，地球村，再添记录！作者把现实主义往前推了一大步，扩大了现实主义的边界，使当前探索中的新诗体的美好前途跃然纸上。他写出了新生事物成长壮大的无限的可能性。文艺理论界认为，成功的作品不单要看你写什么，还要看怎么写；不仅要看你写已经发生的、出现的，而且要看你是否写可能发生的、将会出现的。甚至后者在衡量作品质量方面更加重要。诸如此类诗歌在顾浩的作品中俯拾皆是,有人说这是理想主义,而我要说,一个始终站立现实主义的诗人,引入理想主义,才可能完成参与人的可持续性的意识的创造,通过艺术中的现实主义的渠道和演绎,造就出无边的现实主义倾向或风格的作品。

我希望,无边的现实主义风格不仅存在于顾浩的诗里,而且成为有志投入文学革新的探索者、同道人的选择,使之在当前的文学局限中成为一种发展和突破的潜在力量。或许这是另外一个话题了。

(孙拥君,中国建设银行南京分行所属支行行员,江苏省作家协会会员)

八韵诗创造新诗体百花盛开的春天

朱　宏

从秋天到冬天，是鲜花凋零的季节，唯有诗人眼里的那一朵鲜花，不论花开花谢，都会在心里吟唱，尤其在“新体诗”里，生命力唯其茁壮，每一个蜜蜂都是灵动的诗韵，每一片花瓣都是美丽的诗行，似在等待着百花齐放。

中华民族是一个诗歌的民族，诗的本质是“言志”和“缘情”，从《诗经》、汉赋，到唐诗宋词，都在“与时俱进”，抒发着代言着一个新时代的“志与情”，新的“诗体”代言新的“情志”。恰如其分！“新诗体”为新时代开拓出代言的新样式、新方向。

一枝独秀不是春，百花齐放春满园。中国古代诗坛，历来注重唱和。每每好诗问世，一唱众和，不胫而行遍天下、传之后世八方。当今诗坛亦应如此，“八韵”一经唱出，期待诗界众和至广！

诗人顾浩有志于“新诗体”久矣，多年前自创“八韵诗”，诗界论说纷纭，如同书、少松先生之大论。但“和者”尚寡，有待

顾浩诗语艺术素描

何 睫

诗人对自己的诗作语言，多是很重视的，“语不惊人死不休”，不仅杜甫是这样，很多诗人都是这样。这是因为“诗语”是决定诗作能否优秀的重要因素。每个优秀诗人的诗语艺术都有着许多珍异、智慧和辛劳，值得品赏和借鉴。与诗相伴 70 多年的诗人顾浩的作品就是这样。

诗人顾浩已出版的八本诗集，多得好评，已见的有《顾浩词评论集》《顾浩诗评论集》，两本评论集各有三十多篇评论文章，另外还有《顾浩诗的多彩世界》《顾浩词的多彩世界》等专著和散见于报刊的论文。各专著、评论中也多关注顾浩诗作的“诗歌语言艺术”。但各篇又都是只“一斑”式的来解读，论评。尝一脔肉终不能全知、深知一鼎之味。故本文拟对顾浩诗人的诗语艺术作一综合性的探索，与同好共研共赏。

顾浩诗人诗作的诗语艺术特色有以下几个方面：

一、从总体来说，充分发挥汉字独特的优势

众所周知，汉字有五美：1. 音响美；2. 色彩美；3. 建筑美；4. 形象美，方便融汇绘画，创意境美；5. 容量大、含蓄，“诗中有画，画中有诗”。这五美在顾诗中有鲜活的显现。请看作品：

多丽·雅丹地貌行

似天国，哪知南北东西？似阆苑、异物他景，惹我情思淋漓！似彩霞、常悬半空，似云锦、初出千机。似黄龙腾，似金浪滚，百看百感百般奇！似火山、日日喷涌，碧霄挂烟霓。斜阳下，似仙灯张，似神马啼。　　似入梦，似骑鲲鹏，游遍琼楼高低。似红毯、十里迎宾，似赤帝、双手挥旗。似丹凤飞，似倩女舞，一举一动一串谜。似画图、世世展示，何怕风霜欺！曙光中，似歌堆积，似诗成集！

这是写浏览甘肃敦煌雅丹地貌盛景的，这个地貌奇景被有声有色地写出。这首词像一幅金色山水长卷，不断展开，又像一支婉转悠扬的进行曲，一路唱来，雅丹地貌声色并茂，一览无余地展现在读者眼前。

细品这首词是沿着初入—渐入—深入—出口而布局，移步换景。“天国”“阆苑”比喻、联想，将美景比作天上之“彩霞”

和人间的“云锦”，大幅展开光怪陆离的风蚀异景。再下面五个比喻（黄龙、金浪、火山、仙灯、神马）是深入，以虚拟的动植物作比。“斜阳”转入“夜景”，有时间推移在内，似真似幻，如梦如醉。

下片首句“梦”字直承前面的“灯”夜景，接下来一连七行写自己亦如李白之“梦游天姥”“骑鲲鹏”“游琼楼”，见遍地红毯待客（将游客作贵宾也），见赤帝双手挥旗迎宾。迎宾队伍更非一般，丹凤翩飞，倩女劲舞。更深入以比写种种奇景，沿平视—仰看—俯视—远视—近视而展开。“似天国”“似阆苑”“似赤帝、双手挥旗”是平视；“似彩霞”“似黄龙”是仰视；“似云锦”“似金浪”（麦浪）、“似红毯”是俯视；“似火山”“似仙灯”是远视；“似神马啼”“似倩女舞”是近视，如此等等，景物是随游者的脚步、眼光而逐层展开。雅丹地貌全息景观历历如画。下面“似画图，世世展示，何怕风霜欺”是感叹小结，也是暗示素质天成，风霜难损！步到出口，眼迎曙光，心思游况，“似歌堆积，似诗成集”，奇景难状，可以想见画意诗情。

《多丽·雅丹地貌行》全词全用比喻，一比到底，但却不是比喻的无序堆积，而是极有层次的移步换景，景换喻变，喻随景新，展雅丹景色的雄奇绮丽。以天上之物（彩霞）和人间之物（云锦）作比，将光怪陆离不可思议的风蚀异景大幅展开，再跟着以虚拟的动态动植物作比，又禁不住俯瞰、仰望，如火山、烟霓，比前又进一层。“斜阳下”三行，转入夜晚，暗示作者游览观光步移，新境别开，“仙灯”“神马”也比喻景物在游客心上引起的光声效应。以比喻写似李白梦游天姥,“骑鲲鹏”,“游琼楼”,似见遍地红毯,似见赤帝双手挥旗。又似见丹凤翩飞,倩女劲舞,这些既是细说梦境,又是雅丹深处的夜景写真,又是新一层。这些风霜造成的奇景,又不因风霜而变异,奇景警世人,奇色永不褪。“曙光”点明白天,光天化日,雄奇绮丽的雅丹地貌“似歌堆积,似诗成集”,令人如行山阴道上,目不暇接。声色流美,光鲜动人。

全诗似画笔,似长笛,将“汉字五美”体现得鲜活生动。

二、从修辞来说,其诗语艺术特色是以比喻、对偶为主轴,巧用双关、精警、排比、暗示、成语典故等多种方法,铸造“雄丽”诗风

如诗作《解连环·雪夜奇光》:

人寰冬深,却帝乡春末,柳絮飘落。天地间、银花成阵,似捷报纷飞,叶接枝托。大千世界,转眼里、一样衣着。怕这等画图,暖风捎去,哪年能赎?!　　蓦然异声贯耳,忙凭窗四顾,昼夜颠倒!只见得:上下辉映,有无限妙处,难与君道。星河浩瀚,已知者、可足秋毫?为解取、万般疑云,魂牵梦绕。(一九九六年二月初于南京)

写雪夜难,写雪夜奇光更难,这首词写得精彩纷呈。上片

写夜来大雪景观。深冬时分，夜来大雪，“天地间、银花成阵”。“似捷报纷飞”，则有时代色彩，是关心国家胜利喜讯者的心声。写雪越来越浓，转眼间，大千世界都像穿上了厚厚的白絮衣衫。又下三句，补写雪厚浓密，暖风难融！雪，厚、浓、密、紧，天地混濛，成了雪世界。既是实景，也自然成为奇光的铺垫。

下片纯写奇光。开头三句，写奇光发生时，来得突然，奇声先闻。“凭窗四顾，昼夜颠倒”，奇光出人意料，令人惊奇。“昼夜颠倒”，黑夜如同白昼也。下四句，既补充上文，发挥光照有一段时间，不是一闪即逝的，“无限妙处”，见者不是惊骇失措，而是惊奇思究，这是有修养者的胸怀眼览。妙处难说，妙因难解。下三句，指天象浩瀚，已知有解者，只是秋毫之末(万亿分子之一)也。再下三句，是见奇光者之深层思考，见奇思解，方为智勇。“魂牵梦绕”既写奇光留给见者印象之深，又写见者索解之执着，正是现代科学之深入人心，现代人求证科学之文明修养！

这首词既显示了作者的妙笔似神剪，将刹那间的雪夜奇光连声带色剪入词中。一支妙笔既是彩墨，又是录音，实是神来。

这幅雪夜奇光的全息录像，还伸入到事物血脉深处。引发哲人奇想！

近作《巡天歌·紫金山巅遐想记》更充分体现了汉语五美。

> 携卷紫峰，放眼苍穹，满腔春潮起。日暖万类，月明千古，寥廓互为体。银汉耿耿，时空悠悠，一片青天意。大风奔驰，断云竞渡，都在可测里。　　众星恨乱，彗帚恐安，上帝铭心际。广宇无疆，征轮有序，横行必自毙。神龙升腾，碧海震荡，九霄吐正气。雷雨点赞，乾坤合奏，瑞雪纷纷地。

将天上的奇景异境，色彩鲜明、音调铿锵地写出，与《雪夜奇光》《雅丹地貌行》写法上不同。顾浩创作八韵体新诗，对诗语艺术的追求，最终目标是塑造独特的雄丽诗风。所谓“雄”，主要是立意高远，境界壮阔，气势豪迈；所谓“丽”，主要是诗语华美，诗情幽美，诗型优美。这样才能充分显示盛世诗歌的气派，才能充分满足人们对诗歌审美的需求。

诗人是怎样精心创作这些作品的，有自述甘苦的一段现身说法：

> 我在创作八韵体新诗时，根据每一首诗抒情达意的需要，采用了各种修辞手法。
>
> 一是对仗法。这是我用得最多的修辞手法。或者是每个诗节的头两个诗句对仗，或者是每个诗节的后两个诗句对仗。《共产党颂·为党的十九大而作》开头两句“北斗七星耀眼明，南湖一舟吃水深”，表明了中国共产党奋斗目标十分明确，肩负的历史使命非常沉重。两个对

都是一韵到底。遇到特殊情况时，我则采取灵活用韵的办法。或上平下仄，或平仄相间，或平仄不分，甚至个别诗篇上下段分别用不同韵部的韵。我作诗坚持用韵，又灵活用韵，效果是好的。一是增加了诗味。有些读者对我说："诗押了韵，读起来味儿就不一样了。"二是便于诗的传播。让我感动的是，有些读者把我写的一些诗句都能背诵了。三是这样用韵推行起来不会觉得困难重重。(顾浩：《谈谈我的八韵体新诗》)

三、修炼诗语的目的：诗语准确、鲜明、生动、深刻，让诗作雅俗共赏，民众喜闻乐见

趣味盎然的两首写春之作：

迎新春·欢庆二十一世纪第一春

春风习习过，尽呼神州景殊。春霞翩翩舞，春花千村万树。春光媚，春盈户户。春意闹，累累硕果遍布。春山四顾，举春醪，登高诵春赋！　　春秋百年，雨飞云渡。春阳寡，国耻民恨无数。二十八载春雷激，长夜去，春暖圣土。春潮涌，华夏绘就新春图。春归何处？世纪春望，神州春色常驻！

这首词以“春”字贯串到底。全词共 23 句，却有 18 个春字，每个既切合春天，又有新意，与“春”后之词语配合贴切，这就聚成了众春闹春，显出神州春潮澎湃、春色常驻，令人读后春意盎然，春风满面。这种以一个字（或词）贯串到底的，古已有之。“扬子江头杨柳春，杨花愁煞渡江人”三重（扬）字。“寥落故行宫，宫花寂寞红，白头宫女在，闲坐说玄宗”中的三重“宫”字，都如贯珠。长篇的如陶潜的《止酒》和张若虚的《春江花月夜》，陶诗有十几个“止”字，张诗则以题为线索，贯串全诗，也都脍炙人口。可是用这一手法，稍一不慎，就会流入文字游戏。这就必须选好该字的“搭档”，安排好有关词组的位置，组成结构完整、流畅自然的辞章。我们从顾词中看到正是如此。而且每个“春”字都不能用别的字来替换（一替换就减色了）。这才是匠心独具的别致风流之作。

千春词·春

青云驱寒，和风送暖，山碧水滑。望高空日悬，大地旗扬，喜金光普照百姓家。草绿木翠，蕊艳蕾丽，万紫千红到天涯。一夜间，顿桃花讯起，心潮哗哗！　　美啊！新联耀门，盛世岁月人人夸！正四面莺歌，彩灯传情；八方燕舞，绮装飞霞。锣鼓齐喧，鞭炮竞放，迎来又个好年华。共举杯，更壮怀似海，笑脸如葩！

《千春词》则开头到底没一个春字。全词剪取了迎春盛况,刻画天人共庆盛世。也象征改革开放不仅给神州大地带来春天,也让中国人的心灵沐浴春天,也给世界、人类带来春天。

神来妙笔创造出令人惊喜的诗语艺术。

四、成功要素:学习、锤炼

以上从三个方面简述了顾浩诗人的诗语艺术,其蕴涵和显示的珍异、智慧和辛劳,非常丰富和精彩,值得我们开发、弘扬和借鉴。问渠哪得清如许?顾浩诗人的诗语艺术从何而来?细思诗人成功的秘诀不外乎学、创二字。

学,可解析出他学的内容有:古典诗文、毛泽东诗词、民歌、戏剧、唱词、外国诗、当代诗作(旧体、新诗)。他的同学、老师、家人、好友都知道他能背诵几百首诗作,可见学习之功。另外,他还注意学习社会,学习众人之长,世事洞明,集思广益,源头活水,滚滚而来。学习中,又区别对待,学习优秀作品的构思、意境(界)、典故、句式、词语。

创,则是认真创作,精改,自改,请人读议。集思广益,转益多师,独特风格,雄奇绮丽。

诗人现身说法自述甘苦:

> 我在创作八韵体新诗时,毫不自夸地说,在诗的语言的锤炼上是下了苦功夫的。大家没有见过我的诗稿。我

的诗从初稿到定稿，不知修改了多少次！我是一个字一个字地打磨，一个诗句一个诗句地推敲。细心的读者还注意到了，我绝大多数诗篇没有一个字重复。我肯下这种艰苦的炼字、炼句的功夫。我的诗从初稿到定稿，往往改得面目全非。炼了字，炼了句，更炼了意。

当前新诗体发展亟待解决的若干问题

朱小石

自2011年南通诗会提出“创建中国特色新诗体”这一重大时代课题以来，全国诗界以不同方式和不同程度参与，形成了以江苏南京为代表的新诗体研究和实践高地，产生一大批有全国影响力的新诗体理论研究成果和实践作品，为推进新诗体发展作出突出贡献。特别是方祖岐、顾浩等诗人词家亲力亲为，以高度的时代使命感和激越的开拓创新精神，为新诗体的创建发展作出积极奉献，不仅自身带头在理论上不懈进行深入系统的探索，在实践上大胆进行新诗体作品创作尝试，而且大力推进江苏省成立创建新诗体课题组，汇聚全省力量强化新诗体的研究和创作工作。我们应向这些勇于探索敢于实践的老诗人表示崇高的敬意。

新诗体的发展既面临好时代、好机遇，也面临新问题、新挑战。今天是创建新诗体的座谈会或研讨会，我作为课题组的一名新成员，抱着学习的态度，结合自己从事诗词工作的实际感受，就当前新诗体发展面临的突出问题，谈一点不成熟的看法，请大家批评指正。我认为当前新诗体发展，主要存在“社会关注度低”“社会传播度低”和“社会参与度低”的三方面突出问题。

一是新诗体社会关注度低的问题。改革开放40年来的一大精神文化成果是，让沉寂了几十年的中华优秀传统诗词重新回到社会生活的各个方面，中华诗词“六进”活动广泛展开，“中华诗词之乡”创建活动深入推进，中华诗词文化进校园、入课程、上电视普遍进行……中华诗词复兴已形成一股不可阻挡的社会潮流，诗词作为中华经典文化艺术上的王冠更加熠熠生辉、光彩夺目。特别是党的十八大以来，全党全国人民坚定中国特色社会主义道路自信、制度自信、理论自信和文化自信，坚决贯彻习近平总书记关于弘扬优秀传统文化要“创新性发展”“创造性转化”的要求，包括诗词在内的中华优秀文化在新时代成为一种极具有标志性的时代实践，不仅成为弘扬传承和创新发展中华诗词文化的强大动力，而且成为社会广泛关注的焦点。在文艺界、教育界、出版界、新闻界，无不以一种超乎寻常的热情投入中华诗词复兴这一热潮，形成全社会普遍关注并积极参与的学习热、鉴赏热、创作热，可以认为这是对长期以来冷漠、冷淡、冷冻，甚至否定传统诗词国粹的一种反正和补偿。在此情形下，传统诗词成为社会上学习研究的标准和依循，无论是讲习启蒙，还是大赛评奖，无不称“唐诗宋词”，无不言“平水韵”和“词林正韵”。中华诗词复兴与新诗体创建发展两者相辅相成，并不矛盾，但也会在不同程度上影响人们对新诗体的认识，降低对新诗体的关注度。从社会心理学“从众”心理而言，传统诗词成为社会大众追摩仿效的目标，而深层次、理性化的新诗体创建则是少数精英层执着者的艰辛探索。由此，新诗体创建不仅难成社会共识，也难成为诗词爱好者的共同话题。这个问题其实一直存在，只是在今天传统诗词大热的情势下，社会关注度低的问题显得尤为突出。

二是新诗体社会传播度低的问题。社会关注度低与社会传播度低呈正相关效应。尽管新诗体的创研力度不减，尽管新诗体的创研成果甚丰，尽管新诗体的宣传推广竭尽全力，但不容回避的事实是社会传播度不高，相对于网络信息传播的方便、快捷、互动、广域的特点而言，仅仅依靠书刊出版、诗文发表、平面媒体宣传等传统传播手段和渠道，已难以适应现代传播新态势，形成有利于新生事物成长发展所需要的社会舆论环境。这绝不是新诗体传播遇到的个性问题，而是包括主流价值观宣传在内遇到的普遍的共性问题。处在自媒体时代，随着诗词复兴热的影响，近几年来，社会民间诗词社团层出不穷，诗词网络更是风起云涌，难以计数的诗词爱好者置身微信群中，难以计数的诗词作品在线发布、在线展示、在线交流、在线互动。尽管其传播者及其受众面也有很大的局限性，仅仅以诗词爱好者和创作者为主体人群，但其社会关注度和社会传播影响力不可低估，它构成传播中华诗词传统文化一种新生强劲的网络力量。“互联网＋”正成为现代社会创新发展、快速发展的一种新方式，毫无疑问，新诗体的创建发展也应探索借鉴现代传播手段，充分利用互联网信息技术，拓宽传播渠道，加大宣传力度，提升社会影响力。

三是新诗体社会参与度低的问题。新诗体创建发展的核心要素是人，不仅是单个人，而且必须是由一定素质条件和能力的人所构成的实践群体。就个体素质能力而言，新诗体创建者和参与者，必须敢担当、懂格律、善思考、会创作。可以说，这四个方面的条件缺一不可，而其中最为可贵的是勇于担当的时代品质和无惧束缚的创新精神。这在方祖岐、顾浩等诗人词家身上可以得到体现和验证，他们基于深厚的诗词功底和深沉理性思考，在推进新诗体创建发展中砥砺前行，表现出无私无畏的创新勇气。这也从另一个侧面说明，新诗体创建之艰和发展之难，要自觉形成一个敢担当、懂格律、善思考、会创作的新诗体实践群体的难度更大。当前面临的现状也是如此：研究新诗体课题的人尚有，但参与新诗体创作实践的人很少；勇于新诗体创研的老诗人居多，而敢于新诗体实验的年轻诗人鲜见。在我多年学习工作过程中所接触的人事来看，对新诗体普遍存在“不知”“不会”“不愿”“不敢”等四种情况，特别是一些人不知怎么进行新诗体尝试和不敢进行新诗体尝试，认为无体可鉴、无谱可依、无标准可判。这不仅说明相当一部分诗词爱好者对创新诗体的时代意义在认识上有偏差，而且说明对新诗体的创研工作在勇气胆量上有所缺乏。新诗体社会参与度低的问题亟须引起重视,如何有计划培育起可认同、可持续的新诗体实践群体是课题组的一项战略任务。

以上三方面问题既相互联系,又相互作用,努力解决好这些问题,将有益于深化新时代新诗体的新发展。对于新诗体的发展,我们应有时代担当,也应有历史眼光。纵观中华诗词发展史,一个不容忽略的历史事实是,任何一种新诗体的形成都是特定历史条件的产物,是由社会多种因素在特定历史环境下共同作用的结果。从历史可以清楚看清两点:一是,任何一种新诗体的产生都经历过最初萌发、继而生长、最终成型的过程。而这一形成过程,绝非一蹴而就,少则几十年,多则几百年。二是,同任何艺术发展的内在规律一样,中国新诗体兴起与多诗体并存的现状告诉我们,其间最根本的因素在于:趋势——时代的社会需求、因应——权力的倡行推崇、领践——“大家”的担当引领、基础——众人的呼应追随。如此才能在各种合力因素的综合作用下,形成一种有新的社会价值并可持续存在发展的新诗体。

据此认识,我认为“中国特色新诗体”的创建工作,方兴未艾,任重道远,我们要不忘初心,以此为使命而不懈努力奋斗。

(朱小石,南京诗词学会副会长,《南京诗词》主编)

诗词在时代发展中创新

何嘉鹏

一、诗词形式在时代发展中变化

诗歌是起源于上古社会的生活、生产、爱情、宗教等而产生的一种有韵律、富有感情色彩的语言形式。总体来说，中华文化经五千多年历史长河的冲洗、沉淀，不断创新发展，从诗经、楚辞，到唐诗、宋词、元曲，直到“五四”后兴起的新诗、新中国建立后的群众性的歌咏打油诗、改革开放初期的朦胧诗等等，每个时代都有其时代特色的文化形式。随着时代的变迁，每个时代的诗词都反映了当时的社会现实和社会性格。词是在诗的基础上，打破了五七言、四八句的僵式，句数、字数、声韵都可以自由伸缩。曲是在词的基础上，又打破了词的格式，向更加适宜于传唱的方向发展。故词是诗的延伸，曲是词的发展。这说明随着社会的发展，文化艺术的形式也在不断地改进与变化。只有改革才有生命力，每个时代都有反映这个时代特色的具有鲜明时代特征的文化与文学形式，故一个时代有一个时代的诗体特色，这是时代的需求。当时代的车轮行进到今天，社会也在呼唤能适应当今文化发展的新的诗词形式，也为诗词创新提供了时代的契机。

目前中国社会进入了新的发展阶段，实施创新驱动战略，加快建设创新型国家，从而为中国持续发展注入新动力。党的十九大报告进一步明确了创新在引领社会发展中的重要地位，标志着创新驱动作为一项基本国策，在新时代中国发展的行程上，将发挥越来越显著的战略支撑作用。当然创新不仅仅是科学技术创新，更要文化创新。中国诗词的发展史就是一部诗词的变革史，当今时代我国诗词文化正处在旧体诗词的传承、新诗词创意发展的过渡时期。如何做到在传承中创新，在创新中传承是值得我们共同关注的问题，探索一条改革创新的有效途径，使新体诗词茁壮成长，让传统的格律诗词与时俱进。

二、诗体在创新中传承，在传承中创新

桑士达先生在《呼唤创建中国特色新诗体》一文中指出新诗体至少有三条标准：一是语言简洁精炼，句式与段落整齐而美观；二是必须押韵且有一定节奏，易诵易记，读之抑扬顿挫；三是通俗易懂。王同书先生在《天时地利人和造就中华新诗体——“创建中国特色新诗体”考议》一文中将“新诗体”内涵

概括为:智趣高雅,精炼清醇;句式整齐,长短匀称;声调和谐,灵活用韵;结合音像,味浓体新。但这些特点传统古体诗词也有,故提出的这些标准与内涵都还是比较模糊的界定,“新诗体”缺乏与“古诗”和“新诗”清晰的边界,这需要参与“新诗体”的研讨者们达成基本统一的共识。

本人认为首先要根据现代中国社会特点厘清要继承什么,要传承什么,新时代的诗词创新应符合这个时期的社会、文化现状。一是目前我国现代中小学语文教学基本不讲文字的平仄、诗词的格律,故现代人对文字的平仄、诗词的格律知之甚少,故应淡化平仄、格律在诗词创作中的影响。对于现在充满竞争的社会环境,大多数的作者也无暇去细抠古诗词的规则,故要推动诗词的创作与发展就必须破除那些条条框框,才能让高大尚的诗词走向普罗大众。二是由于科学技术的迅猛发展,全社会的生活节奏普遍较快,处于工作和学习期的人没有大块的时间去慢慢品读较长的作品。我们退休的老同志有大把的闲暇时光去慢慢品读,这就是今天读诗写诗的主力军大都是老人的原因之一,而最应是诗词的创作者、传承者的年轻人却少参与,故“短”应是新时代新诗体的特征之一。三是今天的读诗环境完全不同于以往,受西方影响,强调个体的行为不能影响到他人,在公众场所不提倡大声讲话,就像广场大妈们的舞乐影响了周边之人遭到居民反对一样。城市的地域扩展使得上班族在上下班的公交上花费大量的时间,而这个时间就是很多人的“阅读”时间。古人的摇头晃脑“有声地吟出来”的场景到了今天就演变成了“无声看进去”的过程，故诗词的“抑扬顿挫”恐怕很难被看出来。

既然是创新，则必然是在“旧”的基础上进行工作，首先要界定清楚“新体诗”与旧体诗和新诗的边界。既然称为“新诗体”，则必须有个相对稳定的“体”的外在形式。与旧体形式一样，但不遵守固有的平仄格律，算不算新诗体？外在形式变化了，如在一首作品中，形式变化无章可循，与新诗又有什么本质区别？这些问题都应清楚，否则搞不好就会整出个“画虎不成反类犬”的不伦不类的四不像来。当然内容才是核心，应坚持诗词创造反映人民的心声，弘扬正确的人生观、价值观、世界观。

本人属于背诵着《毛主席诗词》成长的一代人，在上山下乡的空闲里也读点唐诗宋词，给自己的内心深处种下了诗词的种子。近几年因年龄渐长，教学科研工作就渐少了，空闲时开始尝试诗词的写作。但在起初阶段就因为古诗词的条条框框倍感煎熬，往往是满足了平仄韵律的要求，写出的东西已违背了想要表达的初衷，很是纠结与苦恼。三年前认识了省社科院的诗家王同书先生和《南京诗词》主编朱小石先生，王老同我讲诗词创作不能“削足适履”，朱主编讲“不能戴着镣铐跳舞”，给了我深刻的启示。本人采用“旧瓶装新酒”的方式，遵循押韵、对仗，但放弃平仄的严格规定，也写了一些“不规范”的诗词作品，在王老的推动下完成的《莫名斋诗词集》《莫名斋诗词集第二辑》分别由作家出版社、中国文联出版社出版。

在诗词的创作实践中，我认为诗词除了表达作者的思想外，还应有多维度的美的表达。如对仗、对称的形式美，起伏押韵的音律美，言情言志的意境美，诙谐活泼的情趣美等等。故在传承的过程中不能墨守成规，当然在创新的过程中亦不能摒弃传统，才能孕育出为大众所接受的新时代诗词作品。

三、对顾浩“八韵体”的看法

顾浩先生作为诗词改革创新的践行者，取得了较多的成果与经验，其中“八韵体”是其作品的优秀代表，近年在《诗家》期刊上读到了顾浩先生的“八韵体”作品，真的是眼前一亮，耳中一响，顿觉一股清新的意境流淌过。顾词既有古诗词的韵律——八韵，又有新诗词的灵动——句数与字数的变化；既有一定的模式可循，又不完全受拘于既有模式，是一种很好的诗体改革尝试。八韵似乎是承传了古诗中的“五言八韵”中的韵式，而词体形式又有点像是古词牌“一剪梅”的两短句一长句的词体配搭模式。顾浩先生的“八韵体”在此基础上再加以不同的变化。如《不忘初心·退休老人抒怀》：

闭目扪心，俯首忆往，此生还算我初己？茅棚问世，糠菜度命，人间苦难刻骨际。勤学稼穑，愤读诗书，解困造福鸿图起。青苗逢春，红日送暖，峥嵘岁月风雨里！

守职时短，尽责年长，胸海永荡浩然气。九州富强，百姓安康，白昼魂牵夜梦系。不信诱惑，只知感恩，立身爱同高山比。先贤续去，后辈沓来，千秋大业竞相继！

这首诗作既重视韵律，但并不拘于古韵，并搁置词牌，将“一剪梅”句型颠倒应用。句式完全随情感而变化，形式更为灵动。是在继承古诗词基础上，创新出的一种具有时代特色的新诗体。鲁迅先生说过，第一个吃螃蟹的人一定是个勇士。在世界历史长河中，总是会出现那些敢为人先、勇于创新的勇士，他们推动了时代进步、文化发展，为人类的文明与进步作出巨大贡献。

一种新诗体要想风行，就需要比原体有更新的创意，又简便易行。八韵体避开了格律诗的约束，抛弃新自由诗的散漫无序无韵。如顾浩先生另一首八韵体《而今迈步重头越·写在中国新诗诞生一百周年之际》：

一番风起，几度云涌，教人间、翘首拭目。众星竞彩，奔月腾辉，屡梦见、诗峰高矗。百年过去，千里巡视，满眼里、山重水复。离罢根基，断了文脉，终落得、徘徊穷谷。

中华神韵，万世瑶芳，沁五内、胜似桂馥。事到今日，户尽古篇，不由我、心跳加速。共创新体，力破窘境，料未来、花团锦簇。九州争诵，四海点赞，地球村、再添记录。

此作品语言精炼、韵律和谐、篇幅简短、句式整齐，且从内容上体现了作者对诗歌现状的担忧与对诗体创新的勇气与探索。诗体创新不仅仅是形式创新，还应包含诗意求浓，诗思求新，诗韵灵活这几大方面。

王国维在《人间词话》中认为“词以有境界为上，境界以无我为上”，以上两首顾词把个人、民族与时代的情怀有机统一，把小我完全融于民族、时代的大我之中。突破了“词言情”传统格调，更好地表达了大我的情怀，这完全契合了时代发展对文化的要求，是当今社会的价值体现。好的诗词应有高的格调、真的情怀、微的描述，用一滴水来反映太阳的光辉。

综上所述，顾浩先生创新与倡导的“八韵体”这种诗体不仅简便易学，也能在约束较少的情况下将作者的“诗情”最真地表现出来，“八韵体”很好地弘扬了古典诗词的当代价值。在此也尝试创作一首“八韵”诗，以此向顾浩先生表达我深深的敬意。有诗为证：

八韵·改革创新颂

改革弄潮，开放逐波，巨轮启航战险浪。西气东输，南水北调，经济建设创富强。政治清明，社会和谐，精神文明聚能量。一带一路，敢做敢为，复兴中华践梦想。

韵承古风，形创今体，传统文化谱新章。有源可溯，有章可习，顾翁八韵作榜样。契合变革，与时俱进，诗坛词苑耀星光。有责情怀，无我境界，胸怀天下崇高尚。

（何嘉鹏，南京工业大学教授，博导，妙名诗社社长）

新体诗之定行格律体刍议

万龙生

一　新体诗与旧体诗

既谈新体诗，相对言之，必有旧体诗。旧体诗已经有了，就在那里，而且已经显得不足以适应今天新时代与读者的需求，所以我们就要研究新体诗，创建新体诗。如今的中国诗坛，大量出产的诗词和“自由诗”，都是“旧体诗”了。那么，什么是新体诗呢？我以为新体诗有两种：一是有人所说的“新古诗”（这个名目不甚确切，姑妄从之），二是此前人们习称的“现代格律诗”，现今改名曰“格律体新诗”。对此，容我再作具体一点的说明吧。

新古诗，仍然使用浅近文言，遣词造句必须符合古代汉语的语法特点。与已经成型的传统诗词的区别就在于：无论诗、词、曲，音韵都突破平仄的限制，改用现代音韵；写诗句式在原有基础上可以统一，也可以有变化；词、曲可以利用词牌、曲牌的格式（不宜称旧名，因为不讲平仄，已非原貌），也可以将长短不一的诗句另行组合成为“自度词”“自度曲”。

而格律体新诗当然是以现代汉语为载体，在行式、节式、韵式上都讲究一定的规则，但是变化很多，完全可以达到闻一多提出的“量体裁衣”的目标，用新诗格律术语，这叫具有“无限可操作性”。

目前，上文所说的两种旧体诗都在诗坛称雄，占据大部分地盘，而两种新体诗处于弱小地位，亟待努力发展。

诗词的确不愧为国粹，现在有冠以“中华”二字的，也有人径称“国诗”。打从屈原算起，也有两千多年历史了，经过了漫长的发展、演变，形成了一个完整的体系，产生了无数杰出的诗人、优秀的作品，从而形成了优良的传统，在上世纪“五四”前后却因为一场摧枯拉朽的“文学革命”而遭到了几近毁灭性的打击，为“新诗”所取代，从此一家独大，几乎垄断了诗坛。可惜的是，“新诗”满了百岁，不但没有长大，反而畸形发育成不讲任何规矩的“自由诗”，已经成为旧诗了。意想不到的是，诗词从上世纪 80 年代起死回生，卷土重来，在自由诗的天地站稳了自己的脚跟，形成了气候。于是，这两种旧诗就几乎在当今中国诗坛平分秋色。

然而，诗坛并没有因此而风平浪静，太平无事。何也？因为这两种旧体诗都不足以肩负发展、繁荣中国新时代诗文化之大任也。其原因是，一则中国当代社会生活与语言都与诗词盛行的时代发生了根本的变化，以文言为载体、以诗词既有的格律反映今人的生活与情感不能不在客观上受到局限，形成一定障碍；二则自由诗虽然以白话为载体，但是从根本上违背了诗的文体特征，也背离了国人的诗歌美学基因，其产生已经百年，却一直没有站稳脚跟，不时为“失败论”所困扰，还没有得到起码的民族身份认证。幸而有识之士已经发现了这两种旧体诗存在的问题，新体诗的创建早就开始发力了。

不过，我们目前加强对新体诗的研究与实践，实际上是一种补课，任重而道远，必须加足马力，奋起直追。

就在不久之前，《诗刊》召开诗词改革研讨会，参加的头面人物多矣，居然还有人在那里大放厥词，妄称新诗改名自由诗，诗词改称格律诗。这就说明，从“新月派”算起，历史也近百年的格律体新诗根本就没在他们眼里，当然不在话下，“新古诗”更是“野狐禅”。这就使我们在悲愤之余，更要牢记孙中山的遗训：

“革命尚未成功，同志仍需努力！”

二　古今中外之定行诗

上文说了，新体诗就是“新古诗”与格律体新诗。虽然二者都是格律诗，但是语言载体不同，各有各的规范、体系，将其捏合起来是不可能的，必须分别研究。不过我发现，在“定行体”这一点上，倒是可以一并考虑的。因为我多年来创作与研究格律体新诗,所以就以写格律体新诗为主,兼及新古诗。

中国古诗,由诗经、楚辞到五、七言古风,再到包括绝句、律诗的“近体诗”,其形式已经发展到极致,没有“新变”的余地了。而近体诗就是每首四行、八行的“定行诗”(“排律”是特例,除外)。流传至今,人们耳熟能详的优秀古诗,也是这样的定行诗居多。需要说明的是,古诗称“句”,为便于表述,姑且从今,通通称“句”为“行”。

其实,人们往往会忽略一个事实,即中国古典诗歌中,定行诗远远不止近体诗,后起的词、曲都是“定行诗”! 每一种词牌、曲牌的行数不都是各自有所规定吗? 只要这样一想,词、曲的“定行诗”身份就可以确认了。举个最简单的例子:《忆江南》就是五行诗嘛。

这样看来,中国古典诗歌自唐代以来,就是定行诗占据优势,已经是不容置疑的事实。

其实,定行诗在中国盛行并非孤立的现象,外国的定行诗也不少。最著名的莫过于起源于意大利的十四行诗,早已成为一种世界性诗体了。还有起源于古波斯,光大于英国的“柔巴依”(旧译“鲁拜”)也是一种四行诗,经英国诗人爱德华·菲茨杰拉德翻译发表的《欧玛尔·哈亚姆之柔巴依集》风靡全球,成为印刷量最大的诗集。日本的三行诗“俳句”也是一种独特的定行诗。目前,以上三种外国定行诗的汉化,前二者已成气候,可望加入汉语定行诗的序列。

此外,还可聊举一例,据著名英诗翻译家黄杲炘先生介绍,“立马锐克”(limerick)是现代英语中的最流行最普及的五行体定行诗。

三 新体诗之定行诗

百年诗史中虽然历经坎坷,那一枝“红烛”却一直不曾熄灭。1950 年代为何其芳所提倡,1980 年代又由卞之琳、邹绛重新推行的现代格律诗,新时期以来,又有一些诗人继续为之奋斗。2005 年,原“古典新诗苑”论坛诗友由于不满新诗的散文化倾向日益盛行,在合肥聚会,议决以建设新诗格律为己任,以建设格律体新诗为旨归,开始了新的征程。十多年来,他早在新诗幼年时期,以闻一多、徐志摩为代表的新月派就开始的新诗格律建设,在整个新诗格律的理论建设上颇多建树。他们认为,在当代传统诗词已成复兴之势的情况下,“现代格律诗”容易与当代诗词创作发生混淆。因为当代诗词无疑也属于“现代格律诗”的范畴。而作为新诗中的两大类别,格律体新诗正好与自由体新诗对举,旗帜鲜明,各领风骚。自此以后,“格律体新诗”之名逐渐通行,进而为学术界所采用。如 2007 年在江苏常熟召开了全国性的“新诗格律与格律体新诗研讨会”,西南大学中国新诗研究所出版的《诗学》年刊一直设有《格律体新诗研究》专栏。

除此之外,新诗格律研究还有一项重要的收获,就是构建了“三分法”体系。简言之,所谓三分法,就是格律体新诗中每行顿数一致，字数相等者，是为“整齐式”，并指出上承中国古代的四、五、七言等齐言诗；诗节内各行字数不等，而各个诗节节式相同，完全对称者称为“参差对称式”，这种诗体正好与中国古代的“词”有着血缘关系；而整齐的部分与对称的部分在一首诗中同时存在的作品，则为“复合式”。此外，还肯定了“定行诗体”的地位，定行诗包括四行体、六行体、八行体、十四行诗，其内容含量就分别大致相当于五言绝句、七言绝句、五言律诗和七言律诗。其实也可以分别对应于词的小令与长调，这样，格律体新诗就与中国古典诗歌传统衔接了起来。

江苏省诗界一些有识之士也于新体诗的创建倾注了心力，取得了一定成就。特别是“二八佳人”（以顾浩为代表的“八韵诗”和以龚学明为代表的八行诗）引人注目。其实，在我看来，“八韵”也可以纳入八行诗范畴一并考察（待后详论）。

四　四行诗：新体定行诗之一

下文试就上述几种定行诗分别论述。由简及繁，先说四行诗吧。

这比较简单，一首诗仅仅四行，就只能采用整齐的行式，否则将谈不上格律。至于韵式，一般就采用一、二、四行押韵，或者借鉴外国诗歌，引进交韵（abab 韵式）。以什么语言系统押韵呢？既然是新体诗，当然一律以现代汉语为准，来确定韵部。现行的“十八韵部”是比较合理适用的。因为押韵是诗歌格律的必要条件，下文就不再提及。

至于行式，则必须严守字数与音步数都一致的原则。从理论上说，短行的使用率较低，可以有以下几种：二言一步；三言一步；四言二步；五言二步；六言三步（2—2—2）；六言二步（3—3）。其中六言三步类似古代的六言绝句，利用的可能性大一点。至于四言、五言诗，采用五言绝句的方式，偶行押韵为宜。

从节奏鲜明的效果要求，四言诗的行式不宜过长，止于每行十三字即可。每行除字数相等外，也一定做到音步数相等。七言的四行诗要避免 4—3 节奏，与古诗相区别。本来关于四行诗就可以到此为止，但是最近出现的一种新情况必须予以考虑，这就是“汉语柔巴依”的问题。

柔巴依是一种每首四行古波斯诗体，欧玛尔·哈亚姆的《柔巴依集》是波斯柔巴依的巅峰之作，1859 年，英国学者兼诗人爱德华·菲茨杰拉德翻译出版了《欧玛尔·哈亚姆之柔巴依集》（共 101 首）后，此书逐渐盛行，终至享有世界性的声誉，而且它也被视为英国文学的瑰宝。据统计其累计印数是全世界诗集中最高的。我国自“五四”以来，翻译“柔巴依”者代不乏人。郭沫若曾经将其全译出版，名曰《鲁拜集》。21 世纪之初，上海英诗翻译家黄杲炘先生认为“柔巴依”更接近原音，便将其译作改称《柔巴依集》出版，此名得到广泛采用。他的译诗严格依照每行 12 字、5 音步，一、二、四行押韵的格律，畅达优美，我觉得更胜于郭译。

去年春天，我开始以黄译柔巴依格律试作了几首，迄今累积已达200首。这些作品在网上发布后，也引起格律体新诗界诗友们的兴趣，仿作、和诗者甚多，形成了一股“柔巴依热”。作为一种外来诗体移植的汉语柔巴依与十四行诗一样，前景看好。这就引起我对其作进一步的思考。我初步想到这样几点，提出供参考：

一、认定黄译的格式为汉语柔巴依的体式，不再改变。

二、把柔巴依纳入格律体新诗“定行体”中四行诗之“特式”。

三、波斯柔巴依不用标题，汉语柔巴依可以视需要加题。

四、哈亚姆的《柔巴依集》囿于所处时代的限制，题材面不宽，今天的汉语柔巴依可以有所开拓。

五、同一题材，可以从不同层面、侧面写成柔巴依组诗。

六、仿照我国古人古诗，可以就同一题材进行柔巴依的赠答、唱和。

七、格律体新诗中，采用其他行式的四行诗，还是纳入定行体之四行诗系列为佳。

必须明确，绝不能把仅仅4行一首，而不讲其他规则的短诗也叫“柔巴依”，正如绝不能把仅仅14行一首而不讲其他规则的自由诗也称为“十四行诗”。道理很简单：柔巴依和十四行诗都是严格的格律体诗！

再说新古诗的四行体吧，这就比较简单了，只谈三点：

一、语言必须使用浅近的文言，不要掺和现代汉语的助词、连接词、语词。

二、句式一般可采用五言、六言、七言几种。五言、七言结构要符合林庚概括的"半逗律",即2—3式和4—3式。

三、音韵以现代汉语为准,因为所用韵字很少,也就2—3字,建议韵分平仄。其他文字就平仄听便了。

五 六行诗:新体定行诗之二

次谈六行诗。

据知,已经有一些诗人对六行诗体做过认真的探索。例如梁上泉先生就出过一本《六弦琴集》,上海的盲诗人李忠利也出过六行诗集呢。2010年代以来,我也开始有意识地进行六行诗创作的尝试。

六行的格律体新诗以整齐式为主,但是在行式、节式上也体现了诸多变化,绝不是"千篇一律"。例如常用的行式,可以有七言三步(2—3—2,3—2—2);八言三步(3—2—3,2—3—3,3—3—2);九言四步(3—2—2—2,2—3—2—2,2—2—2—3,2—2—3—2);十言四步(3—3—2—2,2—2—3—3,3—2—3—2,2—3—2—3);十一言、十二言的音步变化当然就更多,不再一一罗列。

至于分节方式可以有2—2—2式,3—3式,4—2式,也可以不分节。

因题材表现的需要,六行诗也可以写成参差对称式。也就是各节互相完全对称，相当于“克隆”的产物。

至于韵式也可以有诸多变化。最常用的当然还数一韵到底，首行入韵与否皆可；还有交韵、随韵、抱韵等复式可供选择，如交韵（ababab，abc—abc），随韵（aabbcc），抱韵＋随韵（abba—cc）。

2014年底至次年初，我曾去海南文昌避寒，有意识地做了六行诗创作的探索，写了百首之多，颇得诗友们好评。著名诗词家熊盛元先生在读了一些篇什后回信写道：

“新体格律，融中外古今于一炉；且能于与象之外，蕴含哲理之思致，隽永深沉，兼而有之。”举《冥思》为例，系采用abc，abc交韵格式：

有一位朋友指点
不妨学瑜伽冥思
就好似老僧入定

可我来到了海边
这该是佳地良时
总不能进入佳境

再举《有幸》为例，是采用ababab式交韵：

月明星稀，只未见乌鹊南飞

耳闻涛声，却不见白浪翻腾

阳台凭栏，手中缺美酒一杯
月儿笑我，更休想鲜花簇拥

我告月儿，好难得有卿相陪
夫复何求，岂不是三生有幸

这里不妨一提，我曾有一首六行诗《在严寒的日子里》，曾引起诗友们的兴趣，和诗多达数十首呢。

至于新古体，只是使用语言不同，采用上述方式写作六行诗也是完全可行的。我揣想，那就无须分节了，任凭诗意一以贯之，一韵到底，可能较佳。

其实六行诗古已有之，试举二首佳作为例，完全可以证明六行诗大有可为。如白居易的《李白墓》：

采石江边李白坟，绕田无限草连云。
可怜荒垄穷泉骨，曾有惊天动地文。
但是诗人多薄命，就中沦落不过君。

再如柳宗元的《渔翁》：

渔翁夜傍西岩宿，晓汲清湘燃楚竹。

烟销日出不见人，欸乃一声山水绿。
回看天际下中流，岩上无心云相逐。

当然，不言而喻，《浣溪沙》词牌不也是六行诗吗？

六　八行诗：新体定行诗之三

再谈八行诗。比较起来，由于篇幅增大，其腾挪变化的余地就相对大些。多样的行式、韵式都不提了，八行诗的节式最常见的是4—4两节式，还可以是“信天游”式的2—2—2—2式，也可以视表达需要而变出2—4—2式等“花样”呢。

其实在1950年代何其芳“现代格律诗”主张的影响下，出现过一种半格律的潮流，八行体为一些诗人所喜爱，曾经产生过不少佳作。公刘的八行组诗《在北方》就曾风靡一时；沙鸥专攻八行诗，有“沙八行”之雅称；浪波于1979年出版过八行诗集《乡情》。后来在格律体新诗范畴内，刘章和高昌做过“新律诗”试验，即整齐式的八行体格律体新诗，3—6行安排两组“对句”，如同七律那样相互对仗。我本人也写过许多八行诗，与十四行诗一起出过一本合集。总之，在格律体新诗“三分法”的框架内，八行诗能够变化出许多样式，容纳各种不同的内容。期以时日，八行诗的艺术积淀一定会非常丰厚。

如同四行诗出现了“柔巴依”特例，八行诗也出现了一种特殊的诗体，源于戴望舒的《烦忧》：

说是寂寞的秋的清愁，
说是辽远的海的相思。
假如有人问我的烦忧，
我不敢说出你的名字。

我不敢说出你的名字，
假如有人问我的烦忧：
说是辽远的海的相思，
说是寂寞的秋的清愁。

这是格律体新诗历史上的奇葩珍品，全诗是九言四音步行式，abab式交韵，第二节为第一节之颠倒，韵脚随之变换为baba。反复咏叹，欲说还休，欲罢不能，把暗恋的情态表达得惟妙惟肖。这样的形式被石天河先生形象地名之曰“暗流倒影式”，格律体新诗界的诗友仿而效之，出现了一些新作。我自己有二首(《在异乡》《意外》)被选入《当代爱情诗精选》(张朗主编，台湾丝路出版社，1995)。

下面要谈到江苏诗友的“二八佳人”了。其中以龚学明为代表的八行诗，根据一些诗例，窃以为完全可以汇入上述八行诗之中，而且在格律上还可以更加严谨。而顾浩的“八韵诗”却有其独创性，具有良好的发展前景。

如上文所述，我国的词中每一种词牌实际上都是一种定行诗。那么若是按韵分行，便可以发现，许多长调便可以排列成八行，也是“八韵”。试看岳飞《满江红》正是如此：

怒发冲冠，凭阑处、潇潇雨歇。
抬望眼，仰天长啸，壮怀激烈。
三十功名尘与土，八千里路云和月。
莫等闲、白了少年头，空悲切。

靖康耻，犹未雪。臣子恨，何时灭。
驾长车，踏破贺兰山缺。
壮志饥餐胡虏肉，笑谈渴饮匈奴血。
待从头，收拾旧山河，朝天阙。

而顾浩的八韵诗不受任何现成词牌的限制，完全根据自己的诗情书写的需要，由长短不等、符合古诗语法的短语组合成八个诗行，行末押韵，不是可以视为八个韵句组成的自度词吗？顾浩创作了大量这种格式的作品，已经取得成功的经验，得到评论家的充分肯定，正宜推而广之。这种八韵诗，也具有“无限可操作性”呢，待到作者渐夥，佳作渐多，必成气候。这是江苏新体诗宝贵的“特产”。

七　十四行诗：新体定行诗之四

十四行诗是一种世界性诗体，移植到中国的历史已近百年，经过几代诗人的努力，已经产生的汉语十四行诗数以千计。对此，许霆有专著详论。到目前为止，已经出版两种中国十四行诗选。

许霆先生分析，汉语十四行诗有三种：原式十四行诗，即完全依照西方十四行诗的格律规范，包括颇为复杂的韵式；创格的十四行诗，即按照汉语特点，对西式格律有所改变；自由的十四行诗，即只是全诗十四行，除此之外，不讲任何规矩。在我看来，在引进之初，汉语新诗尚无一定格律可以遵循，这样“自由”无可厚非，但是如今新诗格律已有雏形，再那样“自由”，就有失体统了。道理很简单，那种只是“七言八句”而不讲平仄、对仗的古诗哪能进入七律的行列呢？

再进一步思考，在写作新诗已有格律可资使用的情况下，写作汉语十四行诗，完全可以在“三分法”的统辖之下，建行、分节、成篇，写出或整齐，或参差对称，或二者复合的十四行诗，体现出限制中的自由，即“无限可操作性”。至于有诗人愿意受更多的限制，按照西方意式或英式十四行诗的规则来写汉语十四行诗，也未尝不可。

事实证明，在格律体新诗界，喜爱十四行诗的朋友很多，已经产生出不少优秀的新作，汉语十四行诗有着可观的发展前景。因为篇幅所限，不便引证。

在此，不妨提出设想：以新古诗写十四行诗目前虽不多见，但是一样可以根据“三分法”原则来尝试创作新古诗的十四行诗：意式 4433 分节和英式 4442 分节的五言十四行和七言十四行诗;行式有规律变化而各节对称的参差对称体十四行诗;直至那种更为复杂的复合式十四行诗。也许这样的尝试其乐无穷呢。

八 结语

综上所述,新体诗在目前中国诗坛上虽然尚属弱小状态,但是因为符合中华诗歌的传统,适合广大汉语人群的欣赏习惯,放眼未来,假以时日,其发展前景是十分远大的。我们从事新古诗和格律体新诗创作和研究的诗友们,绝不能因为目前的劣势而气馁,而必须为振兴中华诗歌的远大目标而携手奋斗!以作品来证实自己的诗观诗见,这是当前最为重要的努力目标。而在具体方略上,我以为多写定行诗,是一条可行之策,值得引起高度重视。以此为突破口,一定可以扩大影响,吸引更多的诗歌爱好者吟诵、欣赏,以致加入创作的队伍,多出诗才,多出好诗,而最终改变中国诗坛目前的畸形状况。

在座诸公,让我们为此而共同奋斗吧!不达目的,绝不罢休!

(万龙生,《东方诗风》《渝水》主编,《重庆日报》原总编)

再议新诗体的均衡与灵动相谐

颜景农

“金陵八韵”，也称“八韵体”的新诗体，自顾浩同志的《尧天旋律》问世至今，才不过六年时间，在文艺界，或者说在诗界，已经产生了广泛的影响。研讨活动相继进行过，朗诵活动相继开展过。这一切证明了“八韵体”的创建是成功的。应该认为，这项新诗体的创建成功，不单单是“金陵”地方文学创新研究的成果，应该认为是我国文学史上的一项新的成果。任怎样赞美，皆不为过。对作为诗人兼诗体创新者的顾浩同志个人来说，此项功绩在中国诗歌发展史上，将无愧地载入，并传承下去。

近来，有幸接到《诗家》第十期及所附通知，提及“诗体改革的过去、现在和未来”，我觉得很是必要。故就此略表示一点未必成熟的意见。

作为一名中国传统诗歌的爱好者，我有幸获得顾浩相赠的几本诗集，特对《尧天旋律》拜读欣赏。先后撰过一篇论文和一册论著，从“八韵体”自身的特点，从诗体演进史的角度，从纵、横两个不同角度，也就是从“现在”与“过去”，证明“八韵体”具有均衡与灵动相谐的审美价值；自然也切合人们审美的需求。虽然自度尚可，但毕竟年高、才疏，恐亦难论证全面，希望顾浩同志指出其不足，希望诗歌同好者、研究者们指瑕。

至于“未来”呢？我建议办个刊物，刊名可称为《新律体诗刊》，或者干脆就命名为《八韵体诗刊》。而且申领刊号，组成编委会，正式征稿、发行。还得新事新办，订出稿酬标准，如约寄发。每期刊物，除刊登八韵体作品，同时陆续发表对八韵体的特色介绍，并且允许争鸣。由于对八韵体的理论探讨有了根基，引来不同意见，亦何足惧。倒是相反，将借此深入而得普及的，可以理直气壮地进行。若仍局限于《诗家》，一年半载出一期，读者圈子太小，难以普及。

下面回到“现在”，对八韵体“均衡与灵动相谐”，再适当作点浅议。

“八韵体”本就是有律的诗体，有声律，有韵律，保存了传统的声律滋味。称为“律体诗”，是决然不错的。但是，它虽也讲究“律”，却没有固定的“格”，不似旧的格律诗体规定必遵格式。从八韵的整体而言，就是“诗体有常，可以变数”。我曾引用了《文心雕龙·通变》“设文之体有常，变文之数无方”加以说明。不妨重复一次论八韵体的拙著中归结的几点说它一说：

(1) 韵段有常——八个韵段。第1、2、3和第5、6、7个韵段,规定各三句;第四和第八个韵段,可以各两句,可以各三句——有变数。

(2) 行(句)有常——前三个韵段有三行(句),但有偶、奇之别,即前两行(句)成一小单元,为“偶”;第三行(句)独立,为“奇”,押韵所在,皆有常。而每一行(句)的字数,却又不拘相同——有变数。

(3) 对仗有常——“偶”的两行(句)字数相同者,对仗。而亦不绝对化——有变数。

(4) 总体有常——句数总体为22或24,字数大体在120左右,但可以略少或略多——可以变数。

总之,诗有常体,可以变数。诗有常律却无定格。

如此,既有常体,又有变数,则矫了格律诗体的不可通融,又矫了散漫自由而无定的两个极端。这便是我论定的具有“均衡与灵动相谐”的审美价值。旧的格律诗体,过于均衡,新的自由体,则过于灵动。因此,“八韵体”的成功,其变革思维,就在于对传统的有继承,对自由的有批判,可谓“承传统所宜,矫过与不及”。此种变革思维,也是承继了我们中华民族文化传统的优良核心,合于“中”道。

为了更易明白,还宜略作几点说明。

“常体”不是定体。一“定”就不可变了。“可变”不能离开“常体”,一离开就自由了,将不成为“体”。“均衡”不是“均等”,也不是“平衡”。看来都是近义词,但适用对象有明显区别,不宜变换。《现代汉语词典》对“平衡”的定义是,“对立的各方面在数量或质量上相等或相抵”,如收支相抵。

而“均衡”虽定义为“平衡”,但适用范围和“平衡”是不同的。如《现代汉语词典》对“均衡”的例说,则是“国民经济均衡地发展”,“走钢丝的演员举着一把伞,保持身体的均衡”。这明显看出,国民经济中有工业、农业、商业、文化业等等,因各业特点不同,虽然都有发展,但计量无法统一,因此发展的状况,绝不可能是平衡的。而换用“均衡”,概念的内涵较宽,便都适用了。研讨“八韵体”,论的艺术,则尤不宜平衡论之了。

我那《新时期的成功新诗体》拙著,特为此作了分辨。因为诗体毕竟属于文学艺术的范畴,而且论断是“有常体,可灵动”,故不适宜拿形容物体数量或质量的语言来形容,不宜绝对化起来。我曾提炼出如此的两句:“灵动纳于均衡,均衡融入灵动。”同时引了哲学和美学的书证。不妨再引来一看:

第一个,今人胡家瑞《美学现象的哲学思考》:“和谐表明相互关系,当这一形象具有一定规模时,这种和谐使我们产生全局的结构美、规律与层次的美、色彩匹配的美和在联系中的动态美。事物在它的规模上所表现出来的相互关系,以其变化、节奏与和谐而使人产生美感。这就是前面我们多次谈到的‘整齐有序’‘杂多中的一致’等形象使人产生美感的原因。‘杂多’就是变化,‘一致’就是节奏与和谐。”这是一段哲学相融于美学的论断,非常精到。俨然如为八韵体之“均衡与灵动相谐”的审美价值,量体裁衣似的评论了。其中“杂多中的一致”,这个“一致”,绝非“平衡”可代的。第二个,《论黑格尔哲学》(张桂权著)有关论述:“就同一来说,黑格尔认为,真实的同一是具体的同一,这种同一并不排斥差异,而是包含着差异于其自身。他特别强调,不要把同一单纯认作抽象的同一,认作排斥一切差异的同一。这是思辨哲学有别于一切坏的哲学(形而上学)的关键。”

参看这两段言论,进一步证明“八韵体”之具有均衡与灵动相谐,有常体,可变数之特点,合乎哲学与美学之原理的。还可以强调性地说,所谓“同一”是“具体的同一”。这个“一”之中,本就含着“二”在里面。这个“二”就是差异,就是变数,或者说就是“杂多”。于此又可见,这“同一”,绝不宜与“均等”或“平衡”混同起来。其内涵属于哲理性的,而非物质性的,不可以计量。

最后,仍需强调一个重点,避免产生误识。

“均衡与灵动相谐”,乃就八韵之总“体”而言,从整体角度所评价,非仅指上章或下章。这就不能仅以上章,或仅以下章而衡量。既体现于“体”,则依此体写成的作品,出现字数、句数不同者会有;而出现字数、句数相同者,亦不免。对此类相同的作品,不能机械地以为呆板,没有灵动了。因为从八韵整“体”内的字数、句数、段数的创造性设计,其本身就足以体现出“均衡与灵动相谐”的。若真的出现“有的诗作中某些诗节中少数诗句的字数并没有做到上、下完全对应”,便不好吗?这就不免误解。假若依“八韵体”创作,必须做到“上下句完全对应”，则反而成了不灵动。因此，我强调一句，“均衡与灵动相谐”乃就八韵之整“体”而言，总体特点如此也。

老而拙陋，又敢于陈言，乞专家批评！

（颜景农，东山诗社名誉社长）

诗人之道

倪竞波

中华哲学有两个关键词:“学”和“道”。老子《道德篇》倚“道”统领,孔子《论语》以“学”开篇。最近,世界哲学大会在北京召开,大会的题旨是“学以致人”。而顾浩词作,印证了中华诗脉的源远流长,展现了诗人之道的风情魅力。

一、诗品如人

泱泱诗歌大国,从远古走来,具有非凡的创造力。两千多年前铸造了《诗经》《楚辞》之丰碑,突显了卓越独著的诗魂。

诗歌创作,入门容易深造难,岁月洗礼,方识真金。“十年一剑”“功夫在诗外”都是明示。“读万卷书,行万里路”,盛唐的诗仙、诗圣、诗佛、诗魔、诗鬼无不是殚精竭虑的饱学之士,沿着艰苦的山道,拾级而上,进入至高的境界,引吭高歌,而成“至人”“真人”。

顾浩词作，最令人注目的是一以贯之的执着，反刍式地打磨。宋词词牌有 1000 多种，顾浩皆能成竹在胸，他根据词作题旨、内容，精心搭配，熨帖合体，是难得的有心人。诗中有画，尽是一丝不苟的工笔画；诗品见人，都是呕心沥血的功夫诗。

想起武术界老话："初学三年，天下去得；再学三年，寸步难行。"真功夫，不可浅尝辄止，唯有砥砺而行，方可柳暗花明，真有所获。

书法也是这样。弘一法师说："见我字，如见佛法。"最难得的，是去掉匠气和俗气。大画家潘天寿一语破的："小技拾人者则易，创造者则难。欲自立成家，至少辛苦半世。"

顾法诗作，毕生耕耘不辍的苦心人。初心萌发，与时俱进，红旗下长歌，为人民放歌，佳作迭出，终成正果。

二、返璞归真

命运，命的运行轨迹。多元化时代，人生没有单一的角色。从学子、学者、官员到诗人，角色转换，迎来了王同书先生所看重的顾浩诗的多彩世界。学子是童心，学者是底气，官员是视野，诗人成大器。人生的本色、亮点，寄托与归宿，令人称道的是返璞归真。

诗人，采得了艺术王冠上的宝石，超然于天地之间，具有特殊的禀赋与气质。郭沫若把自己的诗集冠作《女神》，闪烁着灵光。冯雪峰谈论“诗人”，最注重的是“人”，是人的品质。国际共运中，诸位革命导师无不才华横溢，唯有毛泽东独折诗人桂冠，是民族的骄傲。诗言志，即使陷入最困苦的泥淖，也能借助诗歌的翅膀而升华，重铸人生。

世上多诗词名家高手，却难见“马拉松”式的健将。李白、杜甫仅过花甲之年，多悲凉之音。“十全老人”乾隆，诗作万计，让后人记住的几乎没有。“刘项原来不读书”，却单凭《大风歌》《垓下歌》，“四两拨千斤”！

顺势而为，是大聪明、真智慧。顾浩在人生的拐点上，迎来了“聊发少年狂”的第二青春。幸逢盛世，触景生情，心系山河，关爱民生，厚积薄发，移石成金，井喷潮涌，精品迭出。另一位方祖岐老将军，银发矍铄，携手共进，扬子诗话，世人称奇。返璞归真，正是生活的真谛。生命的赞歌，信仰的颂歌，走进新时期，融入新时代的交响！

三、贵在创新

当代中国，诗歌迎来了历史总量的大爆发。“中国人失掉自信力了吗?”这是历史的回响。当代中国人，扬眉吐气。“四个自信”，“文化自信”是支撑点。弘扬民族传统文化，开源畅流，推波助澜，是党的十八大开启闸门，阔步进入新时代的热点，是以习近平为领袖的当代共产党人独到的贡献。民族的血脉，文化基因，不可遏止的创造之源。

几千年来，华夏上空飘扬着“人才”的大旗。“天地人”三才并立，天道、地道、人道共举。“立德、立功、立言”三不朽，九州共鸣。

顾浩诗作，显现鲜明的民族性和时代性。

中华是未曾断流的诗歌大国，源清流洁。从原始诗歌到《诗经》《楚辞》，历经唐诗宋词元曲几座高峰，直至当代诗歌，彪炳环宇，显现了强大的创造力。顾浩诗作，情有独钟，不离不弃地汲取了古典诗词的珍贵营养，并实现了创新型发展，创造式转换。人生最难的是什么？是超越自我。艺术大师齐白石衰年之变，成就了超凡脱俗的地位。顾浩诗作，贵在超越自我，超越同好，耳目一新。顾浩受传统的诗教、新文化的熏陶，具有丰厚的学养，以毛泽东诗词为圭臬、诗改为导向，砥砺而行，走出一条特具个性魅力的创造之路。当代诗坛，难有出其右者。

古今中外，人才是划分层次的。大体分作创造型、阐释型、编纂型、教授型四类。创造型尤为珍贵。当代中国高扬新发展理念，以创新为引领，文化建设以作品为特优。顾浩诗作，作出了重要的特殊的贡献。

习近平总书记指出，当代中国共产党人进行着两个伟大革命：社会革命和自我革命。顾浩是笃行者，不知疲倦的笔耕者，集华夏之灵气，开掘宝藏，提炼精品，启迪同仁，融入社会革命，并不断地超越自我，推动自我革命，树立了尊道贵德，老有作为的榜样。孔子是我国历史上第一位诗歌评论家，他的诗论最近又有新的重大发现。煌煌数千言,可与古希腊的诗论家媲美。孔子总结道:“诗三百,一言以蔽之,曰:‘思无邪’。”诗人之道,贵在“纯粹”,顾浩堪称“现代君子”。

(倪竞波,盐城纺织学院副教授)

门外谈诗

杨　仪

在下不善诗词，更无研究。退休后偶尔也写一些看似诗词的文字，多是依样画葫芦，讲押韵，重对仗，却不守平仄格律。意在记事备忘，抒发情怀，表达政见，自己看看的，不为附庸风雅，难登大雅之堂。因此下面写的也多是一些门外话，诸公看看而已，不必当真。

近代以来，我国文坛上被称作“诗”的文字，本来就是两大类型，一为新诗（自由诗），多数青年人喜欢；二为旧体诗词（含诗经、楚辞、汉赋、唐诗、宋词、元曲等多种体裁），多数老年人喜欢。至现代，特别是最近二十多年来，中国诗坛上又出现了一种被称作“新诗体”的诗歌样式，颇受那些喜爱旧体诗词又不愿太受束缚的诗文作者喜爱。在江苏，经过以顾浩先生为首的一批诗文大家的理论探索和创作实践，已经打开了新局面，出现了一批“新诗体”的研讨论文和示范作品。

何谓“新诗体”？行家们早有定义，不容在下置喙。顾浩先生对“新诗体”的大胆猜想是：精炼的语言、和谐的韵律、简短的篇幅、多样的形式。实乃精辟见解，已为众多同好者接受。

如果深邃的意境、精炼的语言、短促的句式、必须的押韵，是所有被称作“诗”的这一文学类别的基本特征的话，那么我们在思考什么是“新诗体”这个问题时，就得考虑两个参照系：一个是它与旧体诗词有什么不同，一个是它与新诗有什么不同。找到了与这两个方面不同点，或许就找到了“新诗体”的特别之处，就能确切地理解它，自如地运用它。

中国旧体诗词样式繁多、规矩很大。特别是晋唐以后逐渐流行并越趋严格的平仄格律，要记得牢，用得好，并不是一件很容易的事。通常的情况是，写诗填词时，想到了一个字词，可以准确而生动地表达自己想要表达的意思，却不合平仄规矩，于是就改，直到找到一个符合平仄要求的字词为止，哪怕损伤了原意也在所不惜，这就叫“因律害意”。有些诗词，用字冷僻，别别扭扭，可能就有这方面的原因。所以毛主席不主张青年人学律诗，说那个东西会害死人。我以为，推行“新诗体”，首先要舍弃严格意义上的平仄规矩，让文学回到大众化的轨道上来。当然，平仄格律也不是一无是处，古人研究出这门学问来是为了增加朗读诗词的音乐美（后来为其制订了一系列繁琐的规矩并把它作为考究诗人文字功底的主要标尺就未免苛刻且本末倒置了）；我们写诗，成稿后，不妨先要自己反复放声读几遍，觉得拗口就改，直到朗朗上口为止。若如此，一样可以达到提倡平仄声韵的初衷。韵律必须和谐，但押韵也不必过于严格，正如顾浩先生所言，可以平仄混用，邻韵相通，一切服从准确表达的需要。至于对仗、排比等修辞手法，能用多少就用多少，无须勉强。在句式和结构上自然是不拘一格的，百花齐放，丰富多彩，大可各尽其能，自主创新。

推行“新诗体”，既是对古体诗词的革新，也应是对诗词爱好者的解放，让大家不觉得写作诗词太难，从而能吸引更多的文学爱好者加入诗词写作的队伍中来，让这一极富中国传统文化色彩的文学创作得以发扬光大。

虽说推行“新诗体”是对古体诗词的革新，是对诗词爱好者的解放，但是这种革新和解放也不是无边无际，而是有底线的。这就要说到“新诗体”必须与“新诗”有所不同的问题了。

众所周知，新诗的最大特点是：形式上，无拘无束，句式上，可以一个字一句，也可以十几、几十个字一句；可以把几个短句写在一行里，也可以将一个长句写成几行。格式上，可以一行或很少几行一段，也可以十几行乃至几十行一段。除必要的押韵，对其他修辞手法均无具体要求……任凭作者随意挥洒，所以又叫“自由诗”。

我们现在努力推行的“新诗体”可不能这样“自由”。就句式而言，可以五言、七言，可以四言、六言，也可以长短句交叉；就格式而言，可以几行一节，也可以十几行一节。但是，无论采用何种句式，无论如何分段，一个基本的要求就是全文上下必须相对统一。这就是说，相对整齐的句式和上下统一的格式，应该是对“新诗体”作品形式的一个基本要求。这个要求是对旧体诗词的文学继承，是区别于新诗的重要特征，也是“新诗体”之所以能得到一批诗词爱好者青睐的原因。如果没有这个底线，“新诗体”就得把“体”字去掉而成为“新诗”了，就会丢失掉“新诗体”的形式特征和文学魅力。

当然，也有一些特殊情况需要我们注意。那就是如何看待那些用“赋体语言”和“散曲格调”写成的诗作。

有些人学着用“赋体语言”写诗，行文多用铺陈比兴手法，辞藻华丽，句式丰富，长短句交叉，分段也比较随意，一般篇幅较长。说是赋吧，缺少“古”味，说是散文诗吧，又没那么“散”。这样的诗作，能不能进入“新诗体”呢？

有些人套用“散曲格调”写诗，口语化语言，散文化风格，轻松活泼的笔调，伸缩自如的句式。特别是用了许多“衬字”，使诗文更显通俗诙谐。说是“散曲”吧，并不受“小令”“套数”的约束，说是“新诗”吧，又颇富“曲”味。这样的诗作，又算不算“新诗体”呢？

最后，需要特别强调的一点是，推行“新诗体”是对旧体诗词的革新，而不是否定。作为中国传统文学大花园中的一个重要组成部分，旧体诗词有其特别荣耀的历史和无比强大的生命力，至今仍有众多诗词大家和爱好者坚守着这块阵地。业有精粗，人各有好，很多老年朋友把推敲平仄格律视为晚年的一大追求，乐此不疲，奋笔不已，令人钦佩，应予尊重，必须支持。

（杨仪，《江苏老龄》常务副主编）

八韵诗是诗体改革的重要成果

方　政

一、诗体改革是中国诗歌创作艺术规律所规定的必然

综观中国诗歌发展史，诗经、楚辞、唐诗、宋词、元曲，大的趋势是一点点地“放”，每一种形式的转换，都是对已有的形式的继承，在此基础上，又有创新和发展，而形成一种新的诗体。总的来说，是个渐进的过程，其中是有规律可循的。

中国新诗已诞生百年，但一个形式问题也困扰了百年，究其原因，主要是现代汉语所表达的思想、情感、内容的丰富性、复杂性已不适宜用严格的格律来约束，否则，便会因文害意。新诗诞生在“五四”新文化运动中，欲摆脱旧体格律的束缚，用一种新诗体来反映新生活，表现新思想，但矫枉过正，堕入一种没有法度肆意而为的境地。

因此,时代与历史要求诗人们要深入研究中国诗歌发展的内在规律,探寻健康的诗歌发展之路。

二、八韵诗是诗体改革的重要成果

在诗体改革中,不论是古典诗词还是新诗,都有有志于改革的诗人,大胆探索,积极尝试,取得了可喜的成绩。在古典诗词的基础上,出现了有所继承,有所创新的新文言体,也即新古体诗。在新诗发展的基础上,出现了有所扬弃,有所创新的新白话体,也即现代格律诗或格律新诗。顾浩的八韵诗既继承了古典诗词的韵律和凝练,又注意学习新诗的一些表现手法。诗作在思想上先进,在情感上真挚,在意象上丰富,在语言上新鲜。既有呈现一定规律排列组合的建筑美,又有把握好诗的语言节奏的韵律美;既有每诗八韵韵律的原则性,又有长短不一、多种句式的灵活性,做到了思想内容与艺术形式的和谐统一。特别是八韵诗在坚持韵律的原则性的同时,赋予句式以很大的灵活性,从而为表达丰富的思想内容和复杂的情感意识创造了良好条件。八韵诗既是一种诗体,也是一种涵盖了若干种句式的综合体。应该说,八韵诗是汲取了古典诗词和现代新诗长处而创造的一种新的诗体,是诗体改革的一个阶段性的重要成果。

三、诗体改革要遵循艺术规律探索和发展

我以为，诗体改革要遵循艺术规律探索和发展，一种形式的探索并不排斥其他多种形式的探索。事实上，我国古典诗歌就有以一两种诗体为主，多种诗体长期并存的优良传统，在当代诗体改革中，也应如此。

同时，要有思想准备，诗体改革不可能一蹴而就，是一个长期的渐变的过程，当然在诗体改革过程中，总会出现某种新诗体的代表人物，这就需要时代给予助力，促使新诗体的完善成熟。因此，这也是我们研讨顾浩八韵诗的意义所在。

（方政，《栖霞山》主编）

诗的脚步

江　海

《诗经·蒹葭》有句“蒹葭苍苍，白露为霜。所谓伊人，在水一方”，表现了主人公对美好爱情的执着追求和可望难即的惆怅。而诗人对诗的挚爱与追求也一样，“在水一方”，那种若即若离的感觉和艺术境界，让古今多少诗人为之陶醉、不断追求，诗路艰辛也让人频添烦恼。

“美”是诗的本质，那么以美人喻诗再恰当不过了。

从外观来看，美人的美貌、衣妆吸引人，一颦一笑吸引人。内在的，温婉柔情、聪明才智、端庄善良品行也打动人，美人优美舞姿与美妙歌声更是醉人魂魄。而诗有一定的形式、充实的内容和深远意境，多能吟唱。美人与诗是多么的相似啊！然而在历史的长河中，美人与诗都是既有恒定又有变化的，且外在变化更多于内在变化，而这变化，不是大浪淘沙般的凶猛，而是和风细雨的交织；是如游戏“俄罗斯方块”那般不断转换选位以趋完整合理，是随着时代的进步而变化前进着，不是

game over(游戏结束)。

杨玉环“云鬓花颜金步摇”很美,现在只能在舞台上演绎,无论职业女性还是山村少女,都不可能云鬓高耸,这种改变是今天女性实际工作与生活的需要。

《濯金莲》中有“起来玉笋尖尖翘,放下金莲步步娇”。古代的三寸金莲是对女性的束缚,今天也早放进博物馆,不再以之为美了。

这些改变是历史进步的必然,也是有度的。云鬓不见了,秀发依然;三寸金莲不见了,鞋还要穿。改变的,只是形状。诗呢?自《诗经》的《风》《雅》《颂》,以至于今天的新诗,在将近三千年历史中一步步过渡,诗体发生过多种变化。各种诗体因其合理合宜,在每个阶段都达到一定高度、放射出灿烂光芒,而且不全是立新而废旧,古代的诗词歌赋现今仍有相当的拥趸,喜爱之、研究之,百花齐放而未凋。

诗体的变化多经过漫长历史,过去每次变化是否自然形成或遇契机和推手,估计难以准确考证;但要说诗体改革,改革必需推手。近十年来的中国诗坛上,以顾浩诗人为代表积极推动的“中国特色新诗体”,就很有意义。

顾浩诗人对诗体改革身体力行,不仅个人长期创作出大量形式多样、情感真挚、风格豪放的诗歌,还创造出八韵诗,为诗人作范。读陈少松先生《评顾浩八韵诗创作的审美追求》一文可知,其“金陵八韵”诗兼具“参差对称的形式美”“和谐铿锵的韵律美”“诗味浓郁的意境美”“精炼生动的语言美”“豪放瑰丽的风格美”。集众美于一身，必然是对中国传统诗歌有深刻的探究和理解，并大胆创新而成新诗体。只从“八韵”来看，不是“十八韵”“二十八韵”，或者更多“韵”，仍借鉴格律诗词的一些特点，可知顾浩诗人在追求诗体创新过程中是讲究理法而有度的。

前面说到诗有恒定不变的，其实是一个“真”字。无论是《左传·襄公二十七年》记赵文子所说的“诗以言志”，或是陆机所说“诗缘情而绮靡”，都肯定了诗是抒发个人情志的。那么只要人类存在，诗就存在，诗存在的基础是人类感情要求寄托和抒发；感情有真假，但诗中的感情不会假，否则无以成诗，无以成好诗。

因为情真，中国的诗人们在继承和弘扬中国优秀传统文化道路上孜孜以求，耕云播雨；因为志壮，有识之士不断汲古开新，在中华泱泱诗词大国里劈波斩浪，奋勇前行。诗的脚步，发乎情、止乎理。不会止息的是诗界前辈们的精神，将会感召着一代代新人砥砺前行。

（江海，江苏省楹联学会副秘书长）

众体星灿 “八韵”宜人

——“新诗体”得失谈

王同书

我们曾在多篇文章中谈到一代有一代诗作，这个“诗作”当然包涵“诗体”在内，所以，可以说“一代有一代诗体”。中国诗史也可以说是中国诗体的变迁史、诗体的改革史。诗体革新、诗体变迁是与诗俱来的，从《诗经》到“新自由体”已有上千年历史，从当前的“自由体”“中国特色新诗体”作为新体，面世、屹立算起，也有上百年历史了。当然“诗体”的优劣得失，并不以出现时间先后为标准。后来未必居上，出现早的，未必不如出现晚的；出现晚的，也可能不如出现早的。但是它们的出现、成长的情况，以及成熟的优劣得失、受民众欢迎度，却有许多值得汲取的经验教训。

这些经验教训中最重要的，该是什么样子的“新体”才能普遍流行，才能为普通民众所看好、为专业诗人广泛取用。

历史的经验永远值得注意，从“诗体”发展变革史看，中国诗体的创新、变革，从“五四”闻一多、冯至算起，到现在，时近百年，“体”名众多，在“新自由体”这个大体总称之下，就有“新格律体”“十四行体”“新月体”“胡适、徐志摩、谢冰心体”（宽格律体）、“民歌体”“楼梯体”乃至“文革”后轰动一阵子的“朦胧体”“现代派体”“后现代派体”“后后现代派体”，和崛起茁壮成长的“新古体”“自度曲”“自度词”等，直到最近贺敬之、丁国成、顾浩倡导的“中国特色新诗体”（具示范性的是顾浩创作集《尧天旋律》100 篇八韵诗）等等。

这些众多“体”中，也各有大家，名作林立，佳句迭出。有的已成为经典，为文学史必“引”，教科书必“采”。如闻一多的《死水》《一句话》、冯至的《十四行集》（十四行诗体式）、郭小川的《向科学进军》（双行廿组式）、臧克家的《老马》（传统豆腐干式）、艾青的《在北方》、抗战后期袁水拍的“马凡陀山歌”体、李季的《王贵与李香香》、贺敬之《雷锋之歌》《放声歌唱》（楼梯式）、何其芳的《生活是多么广阔》（新格律式、唯美精雕）、闻捷的《吐鲁番情歌》、沙鸥的《故乡行》（两节各四行式）、赵朴初的《某公三哭》（“自度曲”），开一代新曲，这些多已选入大中小学教科书、文学史，成为经典。

值得注意，令人深思的是它们作为“经典”的原因，却是内容而非其体式，人们记得的是其诗句内容精辟，而不是其体式如何。这些诗人煞费苦心创建的体式，正似紫砂壶工艺大师的创作，即每一壶出，都为经典，完全可能成为收藏家、爱好者的珍藏品、掌上明珠。可是也只是“一壶经典”而已，并不能作为广泛可以采用的范式。

文言气息较浓的“当代格律诗词”中的众多“诗体”也是这样，贺敬之的“新古体诗”、丁芒的自由曲、方祖岐的自度词，都是在诗体格律上作些“改良”，格律放宽，只是由能“唱”换成能“吟”。但仍有许多限制、规矩，采用其体式创作并不比传统“词”“曲”容易，许多“新古体”诗作多像不合律的绝句、律诗，思想先进，有气魄，但韵味不多，行之难远。

何以如此？就因为这些“体”的总体缺乏简便易行性，这个“简便易行性”实在是“新体”健康生存发展的“命根子”，能“简便易行”，就会“诗运长久”，不能“简便易行”，便不能长久，再好只会昙花一现“一壶经典”而已。而八韵诗正是有前车之鉴，而着力在简便易行。我曾作四句给以简评：新体众星灿，“八韵”最宜人；聚美去弊端，着手易成春。

新体产生的原因大致有四个方面。

一是时代的需求。众所周知，一个时代必然会有思想、文学、艺术与之相适应。歌颂盛世，永固江山，社会复杂变化，纷繁世态需要描绘，人的爱恨情仇需要倾吐，诗歌就成为当然之选，贴切的诗体就成为当务之需。在由粗放走向精细中就必然会有取舍、创建之选。四言诗经走向多言楚辞，无格律之古风走向格律，词、曲都是如此。一代有一代之文学即是此意。

二是民众的需求。文学艺术的产生，诗的产生，毫无疑问都是民众创造的，都是民众的需求。而民众又常常是不仅需求其有，还需求其不断出新、出奇、更新、更美，这样既有千百遍千百年吟唱而不厌的“昔我往矣，杨柳依依，今我来思，雨雪霏霏”“亦余心之所善兮，虽九死其犹未悔”“死去原知万事空，但悲不见九州同”“兴，百姓苦；亡，百姓苦”，又不断需求新的作品，“凄凉读尽支那史，几个男儿非马牛！”“数风流人物，还看今朝！”，直到“一颗红心为祖国，自有相逢时”“问万岁何在？在百姓心中”……新的诗，新的诗体就这样产生了。

三是语言的发展。诗是文学中的特殊品种，与语言的发展变化有着生命攸关的联系，诗歌必须适应语言的发展，才能创新发展。民众的语言、文学的语言都是诗歌发展所必须的。时代发展了，汉语早已从单音字（词）发展创造出双音词、多音词、成语词组等等。如“国”字，已发展成“中国”“中华人民共和国”等等，如“衣”“食”等已出现了“时装”“淮扬菜”“满汉全席”“粗茶淡饭”等，至于各种各样新名词更是不胜枚举。“马克思列宁主义”“航天飞机”等等语句已远远不是“七字凭君绝妙词”所能表述的，这一语言（诗语）的变化，必然牵涉到、关联到诗体的适应变化，如果硬要将这些“新语言”安到五言、七言框架中，不是削足适履，就是格格不入，让人费解。

新时代音乐、影视、网络等高科技影响也会催生新的艺术品种，流行歌风行就是例子。

四是先进的天才的知识分子的追求。可以断言，没有屈宋，中国诗坛不会有骚体，没有“王杨卢骆”“李杜”就不会有亘古雷鸣的唐近体律、绝。没有苏、辛、陆、李、秦、周，就没有悠扬千古的宋词。新诗体都是这些思想先进、才华横溢而又精勤不辍的天才们追求而创造的。有了他们的追求，诗才有了新体。新体的产生既有天意时情，也有民意人望。

新体产生后，它的发展、变化的规律如何？从《诗体英华》的大量诗例看来，有四个方面：

（一）从无到有，从简到繁，从严到无，从无到简。《诗体英华》所列举的从《诗经》到魏晋南北朝陶渊明的“五言”就是。《诗经》从没有规律（格律），“言志、抒情”而已，不借修饰，不计韵脚，有无皆可，到汉魏六朝五言时代，则是韵不可少！词讲究“藻饰”，成为规律了。诗列“经国之大业，不朽之盛事”。诗的规律也就为人尊重执行。这就是“从无到有”。再后来，隋唐沈约、“初唐四杰”等倡导，近体律绝出现了，“王杨卢骆当时体”，讲究诗的平仄、押韵、对仗等，从简到繁一大套。五代，出现了句式略有变化的词，绵延到宋，像诗的律绝一样，有一整套词律、词谱、词韵，也是从简到繁。到了元曲，同样如此，只是唱腔、角色更繁了。明清则是顺延诗词曲格律而创作，都是从简到繁这一规律的体现。

再后来，到“五四”时，文学革命一声炮响，诗的解放大旗一展，新自由诗如洪水决堤一样冲去了格律的规矩。文人学士都以白话写心，韵也不计，诗体格律从严到无！当时这其中也有诗改的中庸之道，倡议新诗也要有点规矩，自由体不是乱写体，要有符合中华民族传统的规矩，“不依规矩不成方圆”。可是这种诗体的“中庸之道”在当时诗要“摒弃规律”的洪流中被淹没了，但是这“中庸之道”也为后来打下了创建新体的基础。今天崛起的“中国特色新诗体”正是由前体孕育的,从“新诗体”的作品和理论阐述总结看来,正是一个从无到简的规律的体现,因为“新诗体”是吸收前三体之长,避前三体之短而创建的。诗本坚持,要求简约,陶情适口,方便易行。

(二)“青出于蓝”才会优胜。这条规律是说新体要继承古体、传统的优点,要继承民歌的优点和今人新旧体的优点,以及外国诗的优点,才能创建出为中华民族喜闻乐见的新诗体。如果不能吸收上述“蓝”的优点,就不会创建出新诗体的好作品。这是不必分析各家的成功之作,就会明白的规律。

(三)众体共存的规律。从诗史看来,诗的品种、诗体增加,都是“加法”,都是不断增加新品种。一个新品种出现,不是取代原有的,顶替原有的,而是与原有的共存共荣。例如唐诗出现,诗经、楚辞体仍然存在,仍为当时诗人采用,仍然时有佳作,从枚乘的《七发》,到杜甫《同谷七歌》,再到郑板桥的《七歌》,正是众体共存、随时采用、佳作时现的表现。这是一条中国特色的诗歌、诗体发展、繁荣的优秀规律。

(四)在竞争中显主流。在互相吸收优点互相映照中显主流,在主、支流变化运行中体现优壮弱补。主、支都相互得到补强和提高,更好的发展,自然而朝气蓬勃的照耀着中华诗苑,成为中华诗学的卓绝的诗艺景观、诗艺文化。

(王同书,江苏省社科院研究员)